Northern Trails

动物秘径

〔美〕威廉·朗 / 著

吴艳晖 唐雪梅 / 译

图书在版编目（CIP）数据

动物秘径 / (美)威廉·朗著；吴艳晖,唐雪梅译
. -- 重庆：重庆出版社,2024.8
ISBN 978-7-229-18593-0

Ⅰ.①动… Ⅱ.①威…②吴…③唐… Ⅲ.①儿童小说 - 长篇小说 - 美国 - 现代 Ⅳ.①I712.84

中国国家版本馆CIP数据核字（2024）第076810号

动物秘径
DONGWU MIJING
〔美〕威廉·朗 著　吴艳晖　唐雪梅 译

责任编辑：周北川
责任校对：刘春莉　何建云
封面设计：李楚依

重庆出版集团
重庆出版社 出版

重庆市南岸区南滨路162号1幢　邮政编码：400061　http://www.cqph.com
三河市金泰源印务有限公司
重庆出版集团图书发行有限公司发行
E-MAIL：fxchu@cqph.com　邮购电话：023-61520417
全国新华书店经销

开本：787mm×1092mm　1/16　印张：14.75　字数：160千字
版次：2024年9月第1版　印次：2024年9月第1次印刷
ISBN 978-7-229-18593-0
定价：36.00元

如有印装质量问题，请向本集团图书发行公司调换：023-61520417

版权所有　侵权必究

"传世动物文学"书系（100卷本）简介

动物文学资源丰富多彩，被介绍到中国来的外国作品只是其中很小的一部分。到目前为止，图书市场上没有一套成系统、有规模地囊括世界各国动物文学的书系，"传世动物文学"书系就是要把世界各国优秀的动物文学作品，分批次、成系统地介绍给中国的少年儿童读者，让他们对动物文学的多样化有一个全方位、新鲜的了解。本书系计划出版100本。

动物不只是冷漠无情、凶猛好斗，它们也有天真单纯、优雅有趣的一面；我们也能发现它们的灵性与智慧，还可感受到它们友爱的家庭氛围，甚至被它们的自我牺牲精神所震撼。动物的世界是人类世界的缩影，动物的生活和人的现实生活一样，有着悲欢离合的故事，也闪烁着打动人的美德。读每一本书就是在森林里上一堂课，从这些森林课堂里孩子们会懂得许多有关人与自然的道理，明白人和动物不是仇敌，而是平等的灵魂。只有理解、尊重并爱护它们，才不会招致它们的误解，才会得到它们善意的回报。

让我们走向大自然，走进神秘的动物世界，近距离了解与我们同一片蓝天、同一个家园的朋友——动物。

致我热爱荒野的朋友

前 言

追随着这些踪迹，读者会来到一个崭新的国度，那是一片宽阔而宁静的土地，它远离了拉布拉多和纽芬兰的山脉、树林、鲑鱼河和长满苔藓的荒凉之地。在这片土地上，映入读者眼帘的是一些新奇的动物——白狼、肺鱼、鲑鱼、大雁、北极熊，以及其他不计其数、大小不一的动物；面对入侵者（读者），动物们悄无声息的捕食会立即中止，而且会好奇并毫无恐惧地注视着；而入侵者则会暂时放下枪支、抛开杀戮的念头，睁大眼睛用心去观察这些动物，想要客观地查明它们在干什么，并尽可能搞清楚它们为什么有这些行为，以及它们如何实施这些行为：例如，为什么大北极狼会对肆意攻击它的北美雄驯鹿手下留情；为什么大雁会在自己的地盘上无所畏惧；为什么海豹宝宝出生时是白色的；鲑鱼如何爬上了它们无法越过的瀑布，为什么它们受伤后会急忙返回大海；鲸鱼怎样悄无声息地交谈；是什么让渔民们无法辨清它们的踪迹，或者当跟踪它们时，它们会在自己周围给追踪者留下诱饵，所有这些以及许许多多新奇古怪的东西都在踪迹的尽头等待着您的发现和探索。

以前没有跟踪过这类踪迹的读者立刻会问，这些事情中有多少是真实存在的呢？该书记录的每一个细微的事件与经过仔细而准确的观察得出的结论一样真实有效。正如之前的各卷，在下面的大部分章节中，读者将会读到我对动物近距离观察得到的直接结论。在少数情况下，如文中明确表明的那样，我使用了其他智者的经验，采纳了直接而准确的观察者获得的事实，然后经过仔细筛选，仅保留那些我认为真实可靠的内容。例如，在《白狼韦伊塞斯》的长篇故事中，为了趣味性更加浓厚，我把各种各样的事件写进了一本貌似有关联的传记中，这种狼一生中的每一个事件——从捕捉蚱蜢到追逐狡猾的驯鹿，从岩石的洞穴到在狂风暴雨席卷的荒原上与母狼及其幼崽的相遇，都是真真切切的事实，而且完全基于我自己以及印第安人的观察。

但鲑鱼科普塞普的故事是一个例外，这个故事违反了绝对准确的原则。多年来，我一直跟踪并观察鲑鱼从大海洄游到自己的河流源头，然后再返回到大海的过程；虽然这部分的故事是千真万确的，但是在浪尖之上，在潮水之下，从未有人发现过它的踪迹。因此，我不得不略过它生命中的那一部分，或者尽我所能，依靠想象，以及鲑鱼孵化场和深海拖网渔船的记录描绘出那一部分的内容。为了编写故事，我选择了后一种方式，而这部分记录除了纯文学的价值外几乎一无是处，因为它是对可能真相的一种猜测，而不像本书的其余部分那样，是对仔细观察的一种记录。

如果读者发现自己经常对这些荒野中的游荡者的勇气、平和或才智心存疑惑，那么他大可不必这样。作者并没有把人类的特征赋予野兽，而是像所有密切观察动物者一样，只是单纯地在寻找能唤起他内心共鸣的东西，而对于这些东西，他大体上有清楚的理解，就像他对自己以及自己的孩子的了解一样。

这不是一种选择，而是一种必然，它指引着我们以这种方式去看待动物并试图理解它们。如果我们有一门成熟的动物心理学，而且它基于这样一种假设，即一种生物的生命本质上不同于另一种生物的生命，例如，狼的大脑智力与另一种两腿而不是四腿动物的大脑智力完全不同，那么我们可以利用我们的知识去理解踪迹途中的所见。但是并不存在这种心理学，而且这种假设本身也是毫无根据的。自然是一个整体，而且始终如一。水滴就像大海，但它无法运载航船；孩子脸颊上的泪珠映照得阳光五彩斑斓，恰似尼亚加拉瀑布水花上的彩虹；守住群山的法则烙印在海岸上每一粒沙子的心中。当我们想要测量星际空间时，我们不需要寻求新的天体单位，而是自信地应用我们自己的尺度；分析婴儿食物的化学成分同样适用于分析木星的卫星。当然，这只是一个类比，但它可以引导我们进入意识生活的领域；这一领域似乎也是一个整体，受到同一个法则的主宰。每个时代都有灵感的作家试图将理解蚂蚁和兔子的人类智慧用来解读上帝和天使，因为它们拥有同样的生命尺度：爱与恨、恐惧与勇敢、欢乐与悲伤、痛苦与快乐、匮乏与满足；而这些构成生命中绝大部分的东西，同样都可以在动物和人类身上找到；虽然它们在程度上差异较大，但在性质上与我们内心的感受相同，并非完全不同；如果我们想理解它们，就必须用一个共同的标准对它们进行衡量。把一种事物称为一种生物的智慧，而将它称之为另一种生物的反射行为，或者把同样的事物称为一种动物的爱或善良，而把它视为另一种动物的盲目冲动，这是我们自己的盲目，而不是控制动物的冲动。因此，在一些忽略原子和原子定律的新化学，以及一些完全忽略动物智力，或者认为动物智力与我们人类智力完全不同的新心理学诞生之前，我们必须把我们对自己的了解以及我们自己的动机运用到那些与我们相似但却相距遥远的弱小生命中去。

  为了掩盖我们自己的盲目和缺乏观察，我们经常用"本能"这个词来掩盖动物生活的神秘和不可思议；仿佛"本能"是动物们神秘而独有的特性，而不是我们在很大程度上与它们共享的共同遗产。"本能"充其量只是一个毫无意义的词语；因为除了以最模糊的方式外，没有人能告诉我们本能是什么，也没有人能为"本能"结束和有意识的智力活动的开始设定界限，也没有人表明儿童的基本本能与任何其他动物的有多大不同。另一方面，细心而善意的动物观察者必须根据他的亲眼所见做出判断，支配动物行为的动机往往与我们人类的非常相似，区别在于它们的动机比我们的动机更简单、更自然，而且在更高的层次中，动物生活的大部分——玩耍、工作、寻找食物、筑巢、智胜其他动物、躲避陷阱和敌人——不是由盲目的本能引导的，而是由非常清醒的智慧引导的。这种智慧始于天赋，并通过它们的日常训练得到加强；在母亲带领孩子们走向世界的过程中，母亲的训练和榜样鼓励使这种能力得到了发展，而且动物自身的经验也会使这种能力得到完善；当面对新问题时，动物会跟我们人类一样，记起这些经验。野生动物的生活水平可能确实远不及我们的生活水平，但它生活在思想和感情之间的那片宜人的边界地带，而且我们经常会在那里找到自己的安宁，所以没有必要含糊其词地用本能将野生动物神秘化，因为它的大部分生活都与我们人类的生活一致。当我们抛开偏见或敌意，耐心而友好地对它进行观察时，我们就会理解它们的生活。

我并不认为任何动物会像男性和女性那样去推理、思考或感知。我已经观察了它们很久；我坐在河狸群落旁边，静谧的暮色笼罩着荒野，我发现这足以征服我的眼睛和心灵，而不需要与遥远而不安的人类城市进行对比。但在我面前的是一种不需要解释就能理解的生活，这种生活不是一种不需动脑的机械行为，它有自己的快乐和恐惧，有自己的问题，也有自己的智慧；我唯一能理解它的方法，就是暂时亲身置身于其中，利用我所直接了解或理解的唯一生活尺度，即我自己的生活。正如机械自然史的创造者们向我们证明的那样，这远非是空想或臆想，而是理解任何动物行为的唯一理性，甚至是唯一可能的方式。

因此，无论是寻找动物生活的事实，还是寻找支配动物生活的动机，读者都可以像我第一次跟踪它们一样，沿着这些踪迹，用自己的眼睛去看，用自己的心灵去体会，那么就会看到许多无法理解的事情；或者也可以倾听诺埃尔和老托玛的诉说，因为它们五十多年来一直居住在树林居民附近。在每一条踪迹的尽头，读者都会发现一只真正的动物，就像我在荒野中观察多年后所能看到和描述的那样真实。

威廉·朗

康涅狄格州斯坦福德

1905 年 1 月

译者序

本书的作者为威廉·约瑟夫·朗（William.J.Long，1867—1952），美国作家、自然主义者。他对大自然充满了浓厚的兴趣，曾经亲自走进森林和荒野去探索动植物的奥秘。他一生中共著有三十余部有关野生动植物的书籍，其代表作有《森林的秘密》《动物秘径》《灰熊之王》《荒野里的野兽》等。此外，他对文学也颇有造诣，共出版了2部文学史类作品，《英美文学概论》和《英国文学：中古到伊丽莎白时期》；其中《英国文学：中古到伊丽莎白时期》一直被选作美国高中学生的教科书。

《动物秘径》（原书名 Northern Trails，直译为北方小径）是作者在印第安向导的陪同下，走进了北部的丛林、荒野和大海深处，客观而真实地向读者展示了白狼韦伊塞斯和大雁瓦普顿克的育幼、觅食、家庭分工的生动画面；然后，让读者认识了一种狡猾的食鱼动物佩奎姆以及他的捕猎情景；随后，他们乘船走进大海的深处，目睹了大鲸鱼的厄运；接着，近距离地观察了骚扰海湾渔村的白熊马特沃克；最后，娓娓地讲述了鲑鱼科普塞普的产卵、洄游和逃生的历程。这些情景一方面能让读者领略到这些野生动物的天性和生存之道，即为了满足自身的生存进行野蛮的猎杀和逃生；而另一方面，对于自己的幼崽、同类甚至毫无恶意的异类也有温情的一面；尤为令人深有感触的是，狼崽马尔桑西斯以自己的方式，帮助没有恶意的人类的两个孩子——诺埃尔和穆卡，找到了回家的路。由此，读者也能体会到只要人类与动物和平相处，就能构建出一幅生态环境和谐发展的美图。

总而言之，本书是北部野生世界中动物的真实写照，既让读者了解到这些野生动物的习性以及"弱肉强食"的生存法则，又能让读者感受到动物之间的温情及友善，积极倡导人与动物和谐相处的生态发展观。

目录
CONTENTS

第一章　强者——白狼韦伊塞斯　　001
　　　　老狼的挑战　　001
　　　　踪迹之源　　007
　　　　诺埃尔和穆卡　　014
　　　　狼道　　027
　　　　白狼的狩猎　　057
　　　　雪地之踪　　075
第二章　追寻大雁瓦普顿克　　097
第三章　食鱼动物佩奎姆　　123
第四章　狡猾者的痕迹　　137
第五章　大海的深处　　155
第六章　来自冰山的白熊马特沃克　　169
第七章　鲑鱼的行踪　　179
第八章　鲑鱼科普塞普的故事　　195

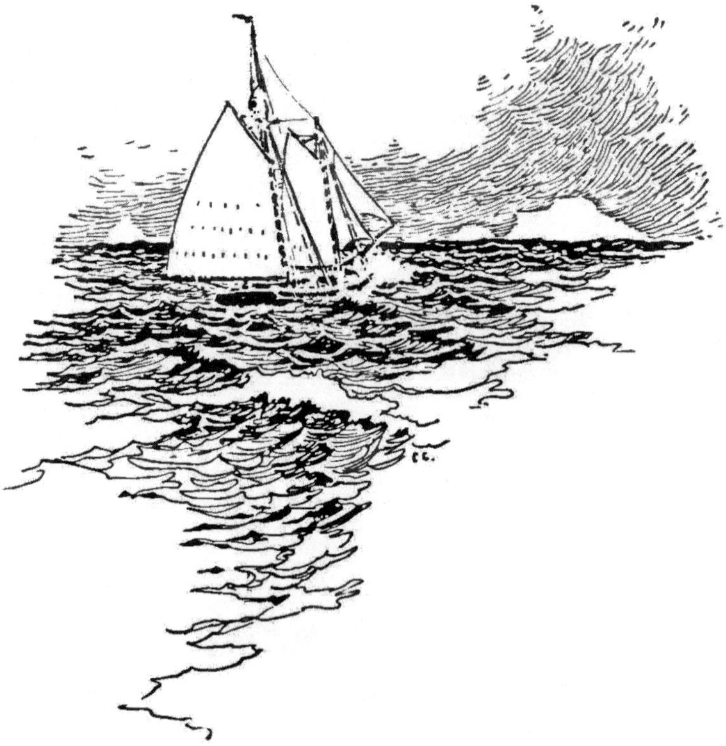

第一章　强者——白狼韦伊塞斯

老狼的挑战

我们正沿着海峡向拉布拉多群岛进发时,一阵大风突然袭来,我们像受惊的野鸭一样被逼进了山间的一个裂缝。在那里,浪花怒吼,海豹在黑色的岩石上吼叫,礁石两边参差不齐,像狼的长嘴巴一样,准备在我们经过时向我们扑来。

在航行旅程中,当我们的船在一片水雾中漂荡时,我们把一只食鱼动物从惊慌无助中捞了起来,并从帆板的末端把她拖上了船;此时,她正像一只巨大的青蛙一样站在我们的小帆船的方向盘上,冲向令人向往的沃尔港口。那是纽芬兰海岸边一个荒凉、周围都是岩石的避风港,在那里,"野鸭号"摇摆着锚,在潮水中不安地左摇右晃,焦躁不安地拉扯着铁链,发出叮叮当当的声

---

① 编者注:作者认为动物也是有感情的,从而在作品中进行拟人化描写,因此书中有雌、雄两性的动物大都以第三人称代词"他""她"指代。

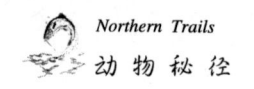

响，仿佛迫不及待地想再次出海。日落时，狂风离去，不一会儿，又圆又亮的月亮爬上了黑压压的群山。

诺埃尔（我喜欢的一个印第安人）裹着驯鹿皮蜷缩在船头上睡着了；船员们也都酣然入睡了，因为每个人心里都很欣慰——终于到达了一个舒适而安全的港湾。经历狂风的洗礼，我们周围是一片寂静和黑暗笼罩下的荒芜大海和群山；近在咫尺、长期湿漉漉的黑色岩石在浓雾和狂风中雾气袅袅；前方，耸立着苍白而冰冷的冰柱，像月光下闪闪发光的尖塔；远处，影影绰绰、模模糊糊，几座灰色的小房子像藤壶一样依附在一座光秃秃的小山脚下；山脚埋在海里，而山尖在天空的云朵中闪耀。这些小房子里没有一点光亮，没有一点声音，也没有生活的气息。每天黄昏时分，房门就关闭起来，让劳累一天的人们安然入睡。只有狗儿们还没有入眠，那些奇怪的生物躲在我们的房子里，分享着我们的面包，但他们却生活在另一个沉默不语、孤单寂寞的世界里，一个与我们隔绝且无法逾越的世界。

这些古里古怪的狗曾让我百思不得其解。这群凶神恶煞、饥肠辘辘的猛兽在冬天拉着雪橇；在闲暇的夏天靠猎杀兔子、偷袭渔民的晒鱼架和猪圈，以及在潮水退去时在海里抓鱼来维持流浪生活。如果心惊胆战地走到他们中间，他们会像猛兽一样扑向你的腿和喉咙；但是用力地挥动一根大棒，或者最好还是若无其事地悄悄走开，他们就会躲到一边，用凶狠的眼角垂涎欲滴地看着你，而且他们的眼睑就像獒犬的那样猩红一片。当月亮升起时，我注意到他们像女巫一样在离村子几英里[①]远的孤寂海岸上窜来

---

① 英美制长度单位，1英里约等于1.6千米。

第一章　强者——白狼韦伊塞斯

窜去；此时，他们正坐在尾巴上，围成一个庄严的圆圈，一起发疯似的嚎叫着，然后停下来仔细聆听着，仿佛听到了、闻到了或者只是感觉到了一些不为人知的东西的存在。当我划上岸去观察他们时，其中一只狗飞快地从我身边跑了过去，仿佛对我视而不见；他的鼻子伸得长长的，眼睛在月光下像狐火一样绿，而其他狗则像影子一样消失在黑石头后面，而且每只狗都专心致志地搜索着什么。

这就是我在午夜从温暖的床铺上爬起来，独自坐在船尾栏杆上，在刺骨的空气中倾听着让我不由自主颤抖的嚎叫的原因；在朦胧的月光下，我想尽可能地理解野兽们在原始的寂静和荒凉中的感受。

沉寂了很长一段时间，我只能辨认出一圈狗坐在开阔的海岸上；突然，从山上传来一声神秘的嚎叫，呜——呜——呜——呜！长长的哀嚎声起初比较轻柔，就像梦中的呢喃，然后增大成咆哮声，唤醒了沉寂的回响，让他们像受惊的山羊一样从一个峭壁跳到了另一个峭壁。爱斯基摩狗立刻做出了回应，每只狗都发出难以形容的疯狂嚎叫，就像一只牧羊犬痛苦地回应着某些音乐的和弦，而这些和弦刺激着他内心沉睡的老狼天性。五分钟内，喧闹声惊天动地；然后，喧闹声突然停了下来，爱斯基摩狗在岩石中到处乱跑。从远处传来了一个回应，也许是他们刚才吼叫的回声；或者，也许是遥远的圣

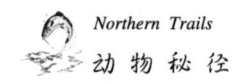

玛格丽特教堂里狗叫的回声在嗡嗡作响。之后，又是一片辽阔而怪异的寂静，就像一块裹尸布一样笼罩着这片幽暗的土地。

虽然狗在大声喧闹，但诺埃尔却依然安然入睡了；但当那未知的嗥叫声此起彼伏地传来时，他开始在前桅旁翻来覆去。吼叫声越来越大了，于是他扔掉驯鹿皮，来到我独自观看的船尾处。"我知道那是韦伊塞斯，是一只狼；很久很久以前，他跟踪过我。"他低声告诉我说。他站在我旁边，手里拿着我的船用望远镜，聚精会神地观察着。又过了很长一段时间，我们的眼睛都已经疲惫了，感觉月光下到处都是阴影和模模糊糊的物体；于是我们把耳朵转向山上，紧张而沉默地等待着挑战。突然，诺埃尔朝上指了指，我看到山顶上有什么东西在快速移动。一个像狼小跑一样的影子沿着我们和月亮之间的山脊移动着。他停了下来，跳到一块大石头上，把尖尖的鼻子朝向天空，就像月光下的枞树梢一样尖锐而清晰，呜——呜——呜！这只大白狼可怕的嗥叫声惊扰了爱斯基摩狗，让他们像着了魔一样狂吠起来。毫无疑问，这就是让我困惑了好几个小时的古怪行为。野狼叫了起来，听到召唤的狼醒来回应着。我迟钝的耳朵还没听到骚乱之前，他们就兴奋得像疯了一样。现在，他们心中的每根弦都在对领头狼的召唤作出激动人心的回应，而我自己的心也被唤醒了，并为之激动不已，因为它从未因野兽的召唤而动容。

第一章　强者——白狼韦伊塞斯

大白狼的可怕嚎叫

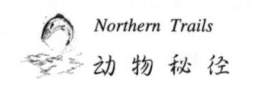

老狼在那儿坐了一个多钟头，挑战着沉默而颓废的同伴，教唆听到召唤的同伴肆意发泄，并认真地倾听着狗的哀嚎回应，而他们呻吟着、反抗着，仿佛要逃脱征服性的煽动。然后，影子从山上的大岩石上消失了，爱斯基摩狗也疯狂地逃离了海岸，此时只能听见浪花在呜咽。

这是我第一次（也是诺埃尔最后一次）隐隐约约地瞥见韦伊塞斯；他是一只体形巨大的白狼，我曾不远千里跨过大陆和海洋对他进行过研究。在北方半岛的整个漫长旅程中，在猎人的故事传说或邮递员的恐怖经历的引导下，我跟踪着白狼；有时，在冬天，我被困在遥远的内陆，在漫长的冬夜里和猎人的狗挤在他的火堆旁；有时，我会沿着某个偏僻无名的池塘岸边的一条小路追踪他，或者途中看到一群驯鹿在危机四伏中飞奔。下面将要讲述的是白狼的故事，其中一部分是通过大量观察和追踪他的足迹而获得的，但更多的是从印第安猎人诺埃尔那里听说的；我们相伴在山丘和驯鹿沼泽里进行了无尽的跋涉,也曾在鲑鱼河边的篝火旁长时间地促膝交谈。

踪迹之源

威尔港北面和东面上空耸立的无名大山上,一只巨大的母狼从岩石的洞穴中悄悄探出了身;接着,所有的狼都从洞穴中走了出来。一双绿色的眼睛在黑暗的入口深处像煤炭一样持续地发着光,一个巨大的灰色脑袋靠在灰色岩石的地衣上;瘦削的身体像一团飘浮的云影一样滑进了六月的阳光,随后消失在岩石的缝隙中。

在那里,没有人会注意到黑色阴影中的移动,老狼摆脱了仍然萦绕在肌肉中的舒适睡意。首先,她张开纤细的前爪,用力活动着脚趾,直到它们都完全苏醒了过来;然后,她弯下身,将前胸触到地面以支撑住自己的肩膀;接着,一条后腿伸直,紧绷得像一根棍子一样直,再猛地一拉就收回了后腿。与此同时,她打了一个大大的哈欠,只见她皱起鼻子,

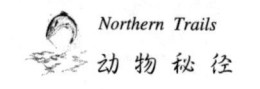

露出红红的牙龈、黑色的嘴唇和瞬间就能触及鹿的心脏的又白又长的尖牙。然后，她跳到一块大石头上，笔直地坐了起来，浓密的尾巴紧紧地卷在前爪周围，就像一头凶猛、强壮、高贵的野兽，严肃地俯视着青山和波光粼粼的大海。

不久前，山坡上还是一片死气沉沉，那么寂静、崎岖和荒凉，你肯定会发现苔藓中的一只老鼠或地松鼠，而且会想到即使在最深沉的孤寂中他们也能享受无忧无虑、活力四射的生活；然而现在，老狼悄无声息地出现了，她粗糙的灰色皮毛与粗糙的灰色岩石非常完美地融合在一起，因此山坡似乎和以前一样空寂，仅有一阵风似乎吹动了苔藓。山间曾经沉睡的地方，现在似乎完全清醒过来，用敏锐的眼睛看到了每一个移动的物体——从风信子里的蜜蜂到遥远的海上缓慢行进的渔船；像牧羊犬一样竖起敏感的耳朵倾听着每一声啁啾、唧唧和沙沙声；万能的鼻子迎着每一股飘忽不定的微风，捕捉着它的信息。因为这是幼崽们第一次来到这个大世界里玩耍，任何一位野生动物母亲都会事先采取能想到的预防措施，以免她的孩子受到骚扰或惊吓。

一阵微风从西边吹过群山，老狼立刻转过敏感的鼻子来捕捉信息。就在她右边的一个深谷里，一股急流以百英尺①的高度跌入了大海，一只巨大的公驯鹿静静地站在一块高耸的尖岩

---

① 英美制长度单位，1英尺约等于0.3米。

第一章　强者——白狼韦伊塞斯

上,俯瞰着脚下广袤的壮观景象。每天,驯鹿梅嘉丽普都会到那里去观望。老狼在日常狩猎中经常路过那条幽深的小路,从山脊上方宽阔的台面到那个观景台之间的苔藓已经被驯鹿梅嘉丽普踩得残破不堪,他可以站在观景台上好奇地俯瞰着海上的人来人往。但在这个小猎物丰富的季节,事实上,在不感到饥饿的时候,狼是不会惹是生非的,所以驯鹿也没有受到骚扰。事实上,大公驯鹿对老狼的洞穴了如指掌。每一股东风都会把她的气息送进他的鼻孔里;但是,夏季时,为了保存自己的体力,北方所有的大型动物大都相安无事,而驯鹿梅嘉丽普每天都会来俯瞰港口,对自己永远无法理解的渔船摇着耳朵。

他们是一对奇怪的邻居:一个是群山中冷酷、野蛮的母狼,她把自己的幼崽藏在岩石的洞穴里;另一个是广阔荒原上小心谨慎、雍容华贵的流浪者——驯鹿;但狼和驯鹿彼此都互相了解,而且对对方都没有任何恐惧或敌意。这一点也不足为奇,有人认为动物有感到恐惧的一面,也有野蛮残忍的一面,对此那些北部之踪的忠实追随者已司空见惯了。

韦伊塞斯的洞穴选址非常明智,就在六十英里外荒凉而偏僻之地的边缘,差不多是乌鸦从威尔港口向北飞到沃尔港口的距离。洞穴就在山脊下,在大山南部山坡岩石间一个阳光明媚的坑洼里;那里能最早沐浴到太阳的光和热,以风铃草为地毯,而且在每一个黑暗的坑洼里,整个夏天冰雪都不会融化,所以在山上形成了耀眼的白色斑点;从港口望去,那高高的瀑布就像从绿色森林上垂下的银色丝带,而溅到岩石上的水形成了奇妙的冰疙瘩和滴水嘴,下面是供鳟鱼嬉戏的冰冷深潭。那里既凉爽又温暖,无论天气如何，瘦削的老母狼总能找到合适的地方睡个午觉。最重要的是，虽然她从自己洞穴的入口处可以俯瞰到老印第安人的小屋——就像岸边的一块鹅卵石，但这里却非常安全；因为跌宕起伏的山峦那么陡峭，高深的峡谷无法逾越，所以没有人类曾涉足过这里；甚至在秋天，当渔民们在威尔港抛锚驻足时，他们只会在内陆的大驯鹿群的踪迹上安营扎寨。

狼爸爸是否知道自己幼崽的藏匿之地，只有他自己知道。狼爸爸是一只体形巨大、力大无比、异常狡猾的野兽，他经常出没于山脊背面与驯鹿所在的荒原接壤处偏僻的灌木丛和池塘边，而且在嚎叫的有效距离内，默默地守望着他从未发现的洞穴。有时，狼妈妈在游荡时会与他偶然相遇，于是他们就一起去觅食。通常，他会带着自己捕杀的猎物——一只狐狸或一只小鹅；有时候，当狼妈妈一无所获时，他会来到她的面前，仿佛他在远处就明白了她的需要，并把她带到他在灌木丛中埋着两三只兔子的地方。尽管狼爸爸对洞穴保持着密切的关注和漠不关心的守望，但他从来没有冒险接近过那个洞穴（虽然只要顺着狼妈妈的足迹，不费吹灰之力就能找到洞穴）。如果他从山脊顶上探出头来，那只老母狼就会怒火般扑向他的喉咙。

对这位野蛮的老母亲来说，这是一件理所当然的事情，但人类对此难以理解。狼，像猫和狐狸一样——实际上像大多数野生雄性动物一样，在发现自己的幼崽没有妈妈的保护时，会残忍地将幼崽杀死；因此，雌性动物会独自寻找洞穴，而且很少让雄性动物靠近洞穴。尽管狼爸爸有这种凶残的习性，但必须坦诚地说，他对自己的配偶——狼妈妈极其温柔。当看到体形只有他一半大的母狼龇牙咧嘴时，他就会掉头跑开，或者温顺地站在原地，紧咬着自己的下颌，或是用可怕的尖牙在胁腹上残酷地划开一道伤口，也不会去防卫。就连我们的猎犬似乎也遗传了这种原始的狼的特性；因为有些季节，除非有人类的催促，否则他们不会去骚扰母狼或母狐狸。很多时候，在早春狐狸交配的时节，以及后来当她们怀着幼崽，无法用力奔跑的时候，我发现我的猎犬在母狐狸后面温顺地小跑着，若无其事地嗅着她的踪迹；当母狐狸停下来看了一会儿，并轻蔑地对猎犬们大喊大叫时，他们就把头转向一边，就地坐了下来。当我对猎犬大声喊叫时，他们会无地自容地走过来；但是，在冬天，他们却会对同一只狐狸穷追不舍，而对你的呼唤充耳不闻，就像听到头顶的乌鸦在吵闹一样。但我们必须再看看狼韦伊塞斯，她正坐在自己洞穴上方的灰色大岩石上，捕捉着每一缕微风，搜寻着每一处响动，倾听着每一声唧唧声和沙沙声，再把她的幼崽带到外面的世界。

经过自己默默的侦察后，她终于安心地将头转向洞穴。动物之间的交流悄无声息、难以捉摸。刹那间，三只幼崽从岩石的黑洞里滚了出来，他们长着毛茸茸的黄色皮毛，明亮的眼睛，尖尖的耳朵和鼻子，像牧羊犬一样，都在好奇地眨着眼睛，突然间又沉默了下来，注视着自己从未见过，而且与岩石下的黑

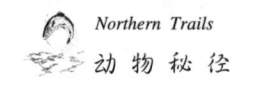

暗洞穴迥然不同的明亮大世界。

的确，这是一个奇妙的世界；在六月的阳光下，小狼们走出洞穴惊奇地眨着眼睛看着这个世界。到处都充满了新奇，这让世界显得更加庞大，一双双小眼睛感觉一切都那么不可思议。在这里，阳光在温暖的岩石上流淌、舞动、颤动；深紫色的云影在那里停留了好几个小时，仿佛睡着了一样，或者跟阳光玩着狐狸抓大鹅的游戏，在山坡上方盘旋。鸟儿在欢快地歌唱，蜜蜂在风信子里嗡嗡作响，小溪高声歌唱着奔向大海；整个世界一片安定祥和，只有阳光和阴影、冰雪、幽暗的峡谷、闪亮的山顶、五月花、歌唱的鸟儿和沙沙作响的风儿让整个世界五彩缤纷、活力四射。巨石从他们脚下就像巨人的戏法一样跌宕起伏，向下延伸到绿林的发源地，跟着汹涌的波涛涌入阳光下闪闪发光的海湾，但海湾看起来似乎还不如他们妈妈的爪子那般大。船帆闪闪发光的渔船像蜻蜓一样在海湾里徘徊，从对面山下庇护的小房子里进进出出，就像高耸的松树树桩旁的一簇灰色毒蘑菇。最奇妙、最有趣的是岸边那间几乎就在他们脚下的灰色小茅屋，小诺埃尔和其他印第安孩子像招潮蟹一样跟潮水嬉戏着，或者勇敢地划着一个摇摆的果壳形的小船去迎接渔民。狼崽似乎有一种天生的兴趣，也许是对人类天生的亲切感，

第一章　强者——白狼韦伊塞斯

所以除了他们自己的同类之外，没有什么比一群孩子玩耍更能激发他们的兴趣，在这一点上他们很像牧羊犬。

就这样，小狼崽们第一次看到了这个大世界，看到了群山、大海、阳光和岸边玩耍的孩子们；面对这个奇妙无比的世界，他们的小脑袋感到困惑不解。然而，这不过是一个常见的场景，他们就像你在街上遇到的任何一只小狗一样，竖着耳朵和皱着鼻子，迈着蹒跚的小脚，摇动着尾巴，而这个明亮的世界就是幼崽们玩耍的专属地。狼崽们端庄地坐在尾巴上，低下头，一本正经地把鼻子朝向大海。银蓝色的大海无边无际，像纵横交错的阳光一样闪闪发光，小小的白帆在海面上飞舞着。因为幼崽的眼睛和小孩子的眼睛一样，不能判断距离，所以有只幼崽朝几英里外最近的帆上伸出了爪子，把它翻过来，让它朝另一个方向前进。他们侧着头，眨着眼睛望着蔚蓝、平静而无垠的天空，白云像清澈湖面上的天鹅一样从天空上掠过；其中一只幼崽用后腿站立起来，像小猫一样举起两只爪子，拉着一块云朵玩耍。接着，风在他们附近吹起了一根羽毛，这是他们昨天吃的松鸡的一根白色羽毛，于是，小狼崽们忘记了大世界，忘记

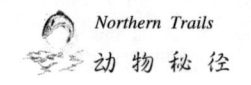

了船帆和云朵，他们开始玩弄起羽毛；他们相互追逐着、打闹着、翻滚着，而瘦削的老母狼从岩石上俯视下来，此情此景让她感到怡然自得。

诺埃尔和穆卡

就在那个阳光明媚的六月的午后，小妹妹穆卡正在岸上享受着美妙的雪橇之旅，她一路上邂逅了狼、北极熊和驯鹿，而且经历了各种各样的奇遇，这比骑在摇摇马上的任何想象都要精彩。他们有一支优秀的"狗队"，由凯撒、沃夫和格劳奇等组成，是他们抓到的五六只活蹦乱跳的螃蟹。他们把这些螃蟹绑在一个小雪橇上，雪橇由一块弯曲的树根和一块用海带绑在一起的木瓦做成。当螃蟹张牙舞爪地在坚硬的沙滩上狂奔时，诺埃尔和穆卡会在旁边蹦蹦跳跳地挥着一根小鞭子，嘴里喊着"快跑，快跑，凯撒！快跑，沃夫！快跑，快跑，快跑，耶！"一会儿，雪橇翻倒了，螃蟹开始在缠绕的套具里挣扎着，就像冬天的爱斯基摩狗一样，他们开怀大笑，尖叫不止。穆卡一边试着松开他们，一边跳动着让她裸露的脚趾和手指避开那些咬人的钳子；突然，她大叫着跳了起来，因为最大的一只螃蟹挂在她的手指尖上。

"呜呜！呜呜！凯撒咬我了。"她哭喊道。然后，她停止了哭喊，把手指放进了嘴里，而凯撒则一头扎进了潮水里；这时，诺埃尔正站在海滩上，指着远处深水海湾的一块棕色的船帆，而在这个海湾的东南部，一条小溪从绿林中潺潺地流入。

"看，穆卡！爸爸和老托玛捕鲑鱼回来了。""小哥哥，我们去看看他们吧。"穆卡眉飞色舞地说；转眼间，螃蟹和雪橇就被抛到了九霄云外。破旧的平底船摇摇晃晃地驶了出去，残缺不全的帆向上扬起，诺埃尔船长像一个老水手一样懒洋洋地站在船尾，手里拿着舵桨；而船员却忘了她那被咬伤的手指，用力地在拉着主帆。

他们正兴高采烈地疾驰而去，起起伏伏地拍打着海浪。这时，不需要掌控方向的穆卡跳了起来，她眼睛瞪得像猞猁的眼睛一样圆，转来转去，焦躁不安地扫视着每个海湾和山坡。

"看，诺埃尔，快看！驯鹿梅嘉丽普又来看我们了。"诺埃尔顺着她的手指，看到远处山上站着一头雄性驯鹿，在蓝天的映衬下，他的身影娇小、优雅而清晰，犹如一尊浮雕。当他们随潮水呼喊着驶向家的方向时，他们经常注意到，驯鹿梅嘉丽普正好奇地看着他们。诺埃尔立刻停止了操控舵桨，平底船在风中摇摇晃晃地飘着。

"妹妹，过来，我们可以爬上福克斯小溪。托玛给我指过路。"于是，他们又把鲑鱼抛之脑后了，就像刚才把螃蟹和雪橇抛之九霄云外一样。伴着阵阵微风和鸟鸣，以及盛开的蓝钟花和闪亮的星光，两个胆大包天的孩子翻身上岸，急匆匆地沿着小溪向上跑去，在浅滩上溅起层层水花，像翠鸟一样此起彼伏地飞奔着，又像野山羊一样从一块岩石跳到另一块岩石上。不到一个

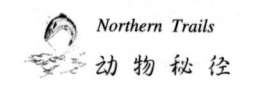

小时,他们就到了大山深处,并排躺在一块巨大而平坦的岩石上,眺望着一个深不可测的山谷和两个圆圆的山顶,那里的灌木云杉看起来像垫子上的针一样,而且他们还看到在一个光秃秃、崎岖不平的山坡上,驯鹿梅嘉丽普像一个守望者一样伫立在蓝天下。

"他看到我们了吗,小哥哥?"穆卡浑身颤抖着低声问道。因为激动和快速攀爬他们正气喘吁吁地颤抖着。

"当然看到我们了,小妹妹;但这只会让他想再多观察我们一些。"小猎人回答说。诺埃尔漫不经心地用胳膊肘支撑起身体,告诉穆卡驯鹿梅嘉丽普如何使用自己的鼻子进行观察,如何对任何他闻不到的东西进行观察并与它们玩躲猫猫的游戏,以及如何应对暴风雪。

此时,诺埃尔像一条小溪一样,滔滔不绝地说着他从猎人老托玛那里听说的驯鹿知识;而穆卡那双焦躁不安的黑眼睛一直在东张西望着,突然,她抓住了诺埃尔的胳膊。

"嘘,哥哥,看,哦,看!在大石头上!"

诺埃尔的眼睛已经掌握了印第安人的诀窍,即只能看到他们所要寻找的东西,因此,无论动物躲藏得多好,他都能立即将其与周围环境区分开来。这就是为什么整个山坡似乎突然消失了,云杉和风铃草、雪地和飘浮的白云都聚集在一起,构成了一幅天然的画,围绕着一块巨大的灰色岩石,而一只体形

第一章　强者——白狼韦伊塞斯

巨大、毛茸茸的母狼一动不动地站在石头上，悄无声息地侦察着。

有什么东西在老母狼的"瞭望塔"的阴影中搅动着、翻腾着、旋转着，突然那个东西又安静下来，仿佛风在橡树的枯叶间嬉戏一般。孩子们敏锐的小眼睛立刻看到了它，对此他们既惊讶又兴奋。紧接着，他们紧紧抓住了对方的胳膊。

"噢！"穆卡喊道。

"是小狼，别动！"诺埃尔回应道。

他们像两只兔子一样蜷缩在一棵和蔼的矮小云杉下的岩石旁一动不动，瞪着圆圆的眼睛热切但无畏地注视着三只棕色小狼的滑稽表演，他们在洞穴前追逐着苍蝇，或者玩弄着一些幻想的玩具。

他们刚发现小狼，老母狼就从岩石上滑了下来，在她的孩子们身边站了一会儿。微风仍然在吹拂，阳光比以往任何时候都要明亮，但为什么他们此时停止了玩耍？或者为什么他们要比来时更安静地溜进黑暗的巢穴？没有一只幼崽能说清楚。他们感觉到了命令，并立即服从，这就是观察幼崽玩耍的奇妙之处。老母狼消失在岩石间，又出现在山脊的高处，不安地转过头去侦察每一缕微风、每一个沙沙声和每一个移动的影子。然后，她感受到空气中某种前所未有的、莫名的微妙兴奋，于是她走进了云杉树林里去探索，只剩下两个印第安孩子守望着这片荒凉的

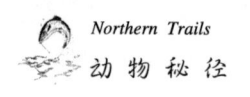

山坡。

　　他们在那里守候了一个多小时,但洞穴附近却悄无声息;然后,他们只好像幼崽一样悄悄地溜走了。他们手拉着手,在越来越深的阴影中,沿着小溪慢慢地走了下去。他们刚一离开,灌木丛就动了起来,那只老母狼就从穆卡和诺埃尔刚才一直在观察的地方滑过。自从感知到未知的警报消失后,她就一直在山脊间和山谷里游荡。她安静而飞快地跟随着他们的足迹,发现他们来回的踪迹不一致;之后,她终于确信自己的孩子们不会受到任何危险的威胁,于是她爬上小山,越过最顶端的山脊,来到驯鹿的荒原地带和兔子已经在暮色中嬉戏的灌木丛里。

　　那天晚上,在悬崖下的小屋里,老托玛又重复了六十年狩猎生活中所了解的狼的知识:这些体形巨大的狼本来就不多,现在更加罕见了——因为有几只狼已经被猎杀了,而且在食物匮乏时,更多的狼中毒身亡,其余的狼也不知为什么消失不见了。鹿群非常幸运,但却像狼一样也莫名地消失了。熊很容易遭到围困和射杀,因为他们的皮毛能抵得上渔民们每个月的工资,但在这片辽阔的岛屿上,仍然能够看到他们的身影,而且数量还在继续增加。虽然狼的数量曾经不计其数,而且他们从未被猎杀过,甚至连老托玛本人都无法巧妙地设下陷阱成功地进行捕捉,但他们却正在慢慢消失。穆卡和诺埃尔屏住

第一章 强者——白狼韦伊塞斯

呼吸、靠近灯光时,老猎人告诉他们,有一次,当他独自在湖岸的悬崖下扎营时,七只像雪一样洁白的巨狼安静而飞快地越过冰面向他疾驰而来;他射杀了两只狼,而其他狼抓起他刚从冰里抓到的、用做晚餐的鱼,消失在岸边。直到现在,他都搞不清楚那些狼是否有意要伤害他。当老猎人说话的时候,那张冷酷而沧桑的脸庞因记忆而闪闪发亮。还有一次,狼群看到他和他的雪橇狗在漫长的冬夜里蜷缩在熊熊燃烧的篝火旁,周围的黑暗中闪耀着光亮,那是狼的眼睛反射出的篝火的光芒;他们瘦削的白色身影像影子一样四处飘动,而且他们的胆子越来越大,逐渐向他靠近;他最大的那只狗挨着篝火太近,所以毛发被烧焦了,发出一声惨叫,然后远离了火堆,这时狼趁机就把他抓住了。又一次,当托玛在内陆迷路了三天后,狼群看见他背着背包在无尽的荒原上徘徊,穿过了阴暗的云杉林,而一只小狼一直在他附近,比较友好地悄悄地跟在他身后;但无论白天还是黑夜,小狼都没有靠近过托玛。

孩子们对老托玛所说的所有狩猎经历以及故事传说没有产生丝毫的恐惧,因为印第安人并不知道小红帽的可怕故事。印第安人很清楚这个故事中对狼的本性描写非常不真实,而且把狼和熊误认为野蛮、残忍的野兽,用他们的虚假故事吓唬孩子们是多么愚蠢;事实上,除了因伤口或饥饿而疯狂时,他们

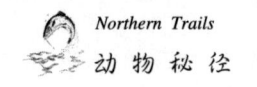

只是胆小如鼠、爱好和谐的动物,他们对人类的唯一动机是幼稚的好奇心。所有这些凶猛的动物故事传说都起源于其他几个世纪前的荒山野岭,它们可能是真实的,但更可能是对动物本性的误解;因为它们似乎反映的不是人们在树林中瞥见的胆怯动物,而是一些猎人的吹嘘——他们总是通过夸大他所猎杀的猎物的凶猛程度来扩大自己的赞誉,或者只是古代一些女仆的纯粹想象,她们试图通过可怕的故事吓唬孩子们,以此增加自己卑微的权威。当然,其中不乏有印第安人对动物的亲切感,这似乎更接近事实的真相;这种态度是几个世纪以来与动物为邻,并密切对他们进行观察而形成的。这就是小穆卡和诺埃尔听了几个小时老托玛的动物故事后,就安然入睡了的原因;他们在美梦中盼望着天亮,这样他们就可以再次出发去观察狼窝。

只有一件事情让穆卡和诺埃尔惴惴不安了一段时间,所以就连两个孩子对狼也有回忆,他们和老托玛争抢着想说出来。他们还记得几年前的一个可怕冬天,当时东港小渔村的大多数人家都搬到了树林深处,住在遮蔽的小屋里,以躲避严寒和可怕的暴风雪。一个月光依然明亮的夜晚,雪埋得很深,寒气刺骨,所有的树木都像手枪射击一样在霜冻中噼啪作响。他们的小屋四周响起了哀嚎,

第一章 强者——白狼韦伊塞斯

地面上响起了轻轻的脚步声,门上传来抓挠声,每一道缝隙里都透进嘶哑的呼吸声;而那些狗后颈毛直竖,嚎叫着往床下和桌子下躲藏。当穆卡和诺埃尔跟着妈妈胆战心惊地走到小窗户前(因为家里的成年男性正在遥远的地方猎杀驯鹿),他们发现门外共有五六只瘦削的白狼,他们正在月光下焦躁不安地走来走去,抓挠着缝隙,甚至用后腿竖起身子往小窗户里看。

想起那不可思议的场景时,穆卡吓得有点发抖,仿佛再次感觉到妈妈紧搂她时手臂的强大力量;但是老托玛微笑着说了一句话驱散了她的恐惧,就像小孩子对打雷、狂风或野兽在夜里的叫声感到恐惧时,他通常所做的那样。直到他们长大后,才把一切自然现象都看成像老托玛隐藏的微笑一样亲切;老托玛脸上布满了皱纹,表情严肃,但讲故事时脸上就绽放出笑容,所以每个孩子都对他深信不疑。他那时说:"狼肯定非常非常饿了,他只是想要一条狗,或者一头猪。"穆卡愉快地笑着想起那两只在树林深处以防饥荒的调皮小猪,必须得把他们谨慎地保护起来,不要落入饥肠辘辘的游荡者的嘴中,因为他们也急需猎物来防止自己的孩子们忍饥挨饿。每天傍晚日落时分,当树木开始低吟,山风吹过树林低语时,两只小猪被带进舒适的厨房,跟狗们相伴睡在火炉的近处,所以穆卡总能闻到煎猪肉的香味。夜幕降临后,如果爱斯基摩狗能在房子的拐角处抓到一只小猪,他肯定会把猪吃掉;但如果你看到他们在炉火熄灭后紧紧偎依在一起相互取暖,你肯定不会怀疑爱斯基摩狗的欲望。除了狗和狼之外,还有又大又圆、面目狰狞的猞猁,他们每天晚上都会从森林深处出来,渴望尝一尝小猪的味道;偶尔,一只从冰山上滑落的巨大北极熊,会迅速

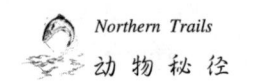

而无畏地在为数不多的小木屋间穿梭，在每个院子里留下他的大脚印，并把一些渔民愚蠢地圈养猪或羊的沉重木栏撕成了碎片，就像它们是稻草做的一样。北极熊甚至会走进木屋，翻弄着一根遗弃的鱼骨或一只旧海豹皮靴子，在寂静的夜里喧闹不止；只有男性的气味，或者某个勇敢的女性从半开着的窗户里向他开枪，才会阻止他破门而入。

　　想到这一切，穆卡就忘记了她对白狼的恐惧，心生怜悯地记起所有这些胆怯的潜行者肯定是饥肠辘辘了，而又找不到兔子和海豹，所以他们才冒险闯入了人类的小院。至于诺埃尔，他遗憾地记得，他当时太小了，不会使用自己现在用来猎杀兔子和大鹅的长弓；当他把长弓从墙上拿下来，边拨弄着驯鹿皮做的弦，边用手指拨弄着一支长箭的锋利尖刃时，他希望来年冬天，让这些午夜徘徊的动物尝试一下自己的技能和力量，——也许是一只猞猁，但绝不会先在体形庞大的北极熊身上尝试。因此，当他们第二天沿着小溪来到狼窝观察时，丝毫也不害怕，只有一种迫不及待的好奇。即使当诺埃尔在靠近自己脚印的潮湿沙地上发现了一条痕

第一章　强者——白狼韦伊塞斯

迹时，一条浅椭圆形的痕迹，比狗的脚印更大更窄，他们也不害怕；显然，有动物在跟踪他们，他们记起了那只跟踪托玛的小狼，于是他们更迫切地想要继续进行追踪。

　　日复一日，他们回到小溪源头的那棵矮小云杉下平坦岩石上的瞭望台，并排着躺在那里观看小狼崽们玩耍。每天，他们越玩越有趣，也明白了当一只幼崽躲藏在埋伏处等待另一只幼崽并突然跳到他身上时，那种自然的打斗和翻滚的喜悦；当看到老母狼从灰色的岩石上严肃地俯视着自己成长中的孩子时，他们也多少理解了瘦削的老母狼的心情。有一次，他们带来了一个从渔民那里借来的旧望远镜，透过海灰色的镜片，他们发现其中一只幼崽比另外两只大，右耳尖下垂，像一片用手指掐断的尖尖的叶子。穆卡立刻声称那只狼是她的，就好像他们在观看爱斯基摩狗的幼崽一样。她说，当他长大成为一只大灰狼时，如果他能像他爸爸追随老托玛那样追随她，那么她就能通过他下垂的右耳尖认出他；但是诺埃尔想起了他的弓和他的长箭，想起了很久以前的冬夜，他希望他的两只狼崽（因为他没有任何方法来识别和区分他们，尤其是在月光下），知道躲避再次来袭的猎枪。就这样，他们躺在那里为那些玩弄羽毛、蚱蜢和云影的幼崽，编织着美好或残忍的梦境；但是，狼崽们却意识不到，除了自己的母亲以外，

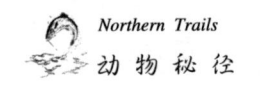

还有人在观看或在意他们自由自在的玩耍。

在这些天的观察中,老母狼感到有些忐忑不安。这个洞穴仍然很安全,因为她的鼻子清楚地告诉她,没有人类涉足过深谷,也没有人类敢靠近对面的山顶;但她仍然惶恐不安,每当幼崽们玩耍时,她都莫名地感觉自己被监视了。当她在暮色中穿过所有的山脊,去查看附近是否有敌人时,她总能在矮小云杉下的一块平坦的岩石上嗅到两个人类的气味,而且小溪上总是留有两条足迹。有一次,她紧跟在两个孩子后面,一路径直地看着他们,直到他们走进悬崖下的小木屋,而她的敌人——男性人类从门口出来迎接他们。对于这两个她知道其踪迹的小家伙来说,老母狼和大多数母兽一样,丝毫没有感到恐惧和敌意。但他们曾经观察过她的巢穴和她的孩子们,这是确凿无疑的;但为什么这两个人类小孩只是监视洞穴,他们既不进入洞穴也没有摧毁它呢?这是一个母狼永远无法解答的问题;因为野生动物不同于狗、蓝鸟和人类,他们总是事不关己,高高挂起。狼群也讨厌被监视;因为一想到监视,他们就会想到接下来会发生的事情:猎杀、突袭、挣扎、逃命。难道她自己(狼妈妈)没有反复地监视过兔子

第一章　强者——白狼韦伊塞斯

狼妈妈照看着自己成长中的孩子们

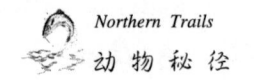

的行踪、狐狸的踪迹、鹿的足迹和大雁的巢穴吗？因此，当那两个差异巨大、力量未知的人类小孩每天都来观看她的巢穴时，她将如何处理自己的孩子们呢？

当老狼在暮色中从印第安小屋一路小跑着沿小溪返回时，她肯定已经知道如何揭开这个没有答案的谜团了。当有疑问时，请相信你的恐惧，这就是狼的智慧；这也是狼和驯鹿之间的区别，例如，驯鹿在怀疑时，会相信自己的鼻子或好奇心。于是，老狼想到了她对两个人类孩子的恐惧，就在那天晚上，她把自己的孩子们一个一个地叼在嘴里，就像猫妈妈叼着自己的幼崽一样，越过几英里的岩石、沟壑和云杉灌木丛，来到另一个没被人类发现过他们玩耍的洞穴里。

"我们能再见到他们吗，小哥哥？"当他们第三次爬上瞭望台，什么也没看见时，穆卡若有所思地问道。诺埃尔自信地回答：

"哦，肯定会再见到他们的，妹妹。狼韦伊塞斯喜欢四处游荡，会走出很远，但肯定会沿着同样的踪迹回来。他就像印第安人一样，喜欢我们的老帐篷。嗯，我们肯定会再见到他们的。"但是在说话的时候，诺埃尔的眼睛望向了远方，心里又想起了他的弓和那尖锐的长箭，憧憬着一个明亮的月夜，白色的身影悄无声息地在雪地上窜来窜去，在小木屋的门上抓来抓去。

第一章　强者——白狼韦伊塞斯

狼　道

一天晚上，小狼崽们有了一种新的体验，他们知道了什么是恐惧。几个星期以来，他们一直躲在黑暗的洞穴里，或者在瘦削的老母狼每时每刻的守护下，在明亮的阳光下无忧无虑地玩耍；无论白天还是黑夜，老母狼是他们的唯一束缚，也是他们的唯一陪伴。有时，他们饥肠辘辘、焦躁不安地躺了几个小时，所以他们渴望走出洞穴，进入明亮的世界；但是，即使老母狼在很远的地方，他们也会遵从她严格的命令。因为一旦一位动物妈妈用自己的无声方式让孩子们安静地躺着，孩子们就会很少起来活动，甚至非常抵抗被从洞穴中拖出去——他们很清楚如果妈妈回来后发现他们不在时，他们会受到什么样的惩罚。此外，如果有只幼崽偷偷出去玩耍，而在老母狼回去之前又若无其事地回去跟兄弟姐妹们一起睡觉进行掩饰也是徒劳的。因为，没有什么能逃得过狼的鼻子；在进入洞穴之前，老母狼就会清清楚楚地知道自己离开后发生的一切。就这样，幼崽们安静地在睡眠和玩耍之间过了一天又一天，他们对老母狼的力量和温柔深信不疑，而老母狼要让幼崽们掌握未来生活的两个本能，它们对于每个出生在危险世界的野生动物都非常有用。第一个本能就是一动不动地待着，让大自然的色彩掩盖所有手无寸铁的幼崽；第二个本能是立即服从

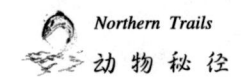

比自己更强大的意志。

那时候，他们还不知道什么是恐惧，他们只有本能的警惕；因为恐惧主要来自其他动物的范例、警报、刺激和恐怖的呼喊，只有成年动物才能理解。老母狼没有受到打扰：没有猎狗或猎人的追赶，没有陷阱或圈套缠住她敏捷的四肢；而且，她的洞穴选得很明智，那里从来没有人类的足迹，只有两个孩子在远处看到过它。因此，狼崽们可以沐浴着阳光快乐地成长和玩耍，他们还不知道什么是恐惧。

一天黄昏，老母狼急忙进入了洞穴，她没有像往常那样给狼崽们带来食物，而是叼起一只幼崽就消失了。对于这个小家伙来说，这确实是一段漫长的旅程，沿着咆哮的小溪和充满迷雾的峡谷，穿过没有光线的阴暗树林，越过光秃秃的山脊走了很长一段路，而他就像兔子皮一样软绵绵地挂在母亲的大颚上，大星星在他耳边闪闪发光。一只猫头鹰凄惨地叫着："呜呜！"虽然在宁静的夜晚，他因为听过对这声音不觉得奇怪了，但此时却感到毛骨悚然。风在云杉枝间疑心重重地嗅着；一只受惊的鸟儿唧唧喳喳地叫着从他们身旁呼啸而过；小溪在岩石间咆哮；一条鲑鱼跳了起来，又扑通一声跳了下去，接着又上蹿下跳着，就好像水獭在身后追赶一样；当黄鼠狼站在兔子面前时，突然传来了一声尖锐的叫声，这是兔子的第一次也是最后一次发出的声音。然后是寂静一片。老母狼在干燥的树叶上平稳而迅速地移动着，脚垫不时发出沙沙声。荒野之夜的所有这些声音都让这只狼崽有了新的体验；随之而来的是飞快的脚步，还有一些未知而可怕的东西在等待着所有掉以轻心的野生动物。于是恐惧就诞生了。

第一章 强者——白狼韦伊塞斯

长途旅行终于在山坡上的一个黑洞前结束了。在狼崽第一次奇妙的朝圣中,妈妈的气味是他唯一熟悉的东西;当他走在星光下,妈妈的气味就从两边的岩石间向自己袭来。他被扔在一个更大的洞穴里,躺在一些新采集的树叶和枯草上;他独自躺在那里一动不动,浑身都在颤抖。漫长的一个小时过去了,第二只狼崽也躺在了他的身边,妈妈像以前一样又消失不见了;又过了一个小时,狼崽们又团聚在一起了;然后,妈妈开始给他们喂食。狼崽们都不知道自己置身何处,也不知道为什么要来这里,而且更不认识来时的那条漫长的道路。

第二天,当小狼们被喊出来玩耍时,他们看到了一片迥然不同、更加幽暗的景象:杂乱不堪的花岗岩岩石,常绿的树林,白浪滔天,山洪滚滚,雾气弥漫;但却没有看见云朵般渔船穿行的银色大海,也没有看见灰色的小屋,而从小屋中出来的孩子们像蚂蚁一样在遥远的海岸上奔跑。当小狼们出来玩耍的时候,他们第一次开始模仿守护着自己的老母狼,经常坐起来观察、倾听和探测风;他们试图理解什么是恐惧,以及为什么他们会被从阳光灿烂的山坡上带走,毕竟那里的世界比这里更加明亮。但是,家就是妈妈所在的地方;幸运的是,这些小树林居民也有同感:一段时间后,他们懵懵懂懂地理解了家的含义,并在对新环境的好奇中逐渐淡化了对旧家的记忆。他们从来都不知道这个新洞穴是如何精心挑选的：老母狼知道自己被监视的那些日子里，她日复一日地到每一个山脊、峡谷和小溪边探寻，直到她确信，几英里范围内，除了野生动物以外，没有任何人类出现过的痕迹。小狼们只感到一种更大的荒凉，一种更深的孤独；在妈妈嘴中的第一次可怕的夜间旅行中，尽管他们没有受到任何骚扰，但是他们从未忘记内心产生的那种奇特的感觉。

很快，黎明时分，老母狼带着食物回家了——兔子或松鸡，或是缠住尾巴的一串老鼠——用这些来补充了他们中午喝的奶水；因为老母狼的奶水越来越少了，已经无法满足他们咕咕叫的肚皮。在晴朗的午后和漫长的夏日黄昏，母亲领着他们出去短途旅行，让他们自己去觅食。虽然他们不可能抓到大驯鹿或狡猾的狐狸幼崽，但老母狼希望孩子们至少能猎捕到"老鼠和幼鹿"。他们先去抓捕石头和树根下睡着的笨蛴螬①，然后再把仓皇而逃的甲虫逮住；而后，在阳光最明媚的时候，他们会去逮蚱蜢——那些活泼而警惕的家伙。当确定已经把它们抓住的时候，小狼崽们就会飞快地逃走，而且通常会像跳蚤一样，纵身一个大跳跃就落到了另一边，为应对下一步的行动做好准备。

令人惊讶的是，幼崽们很快就懂得了猎物不能像蓝莓那样温顺地唾手可得，于是他们改变了狩猎方式：他们开始蹑手蹑脚地爬行，而不是肆无忌惮地小跑了——那样的话甚至连豪猪都会发现他们，而且会躲在岩石、灌木丛和草丛后面，时机一到，就会

---

① 蛴螬是金龟子或金龟甲的幼虫，俗称鸡䅉虫等。成虫通称为金龟子或金龟甲。

像苍鹰扑向松鸡一样跃起。抓不到蚱蜢的狼就不能猎杀到兔子——这似乎是一个理所当然的逻辑，所以老母狼会在每个阳光明媚的下午，无视藏有大量野味的灌木丛，带着她的幼崽来到驯鹿荒原边缘的那片干燥、阳光充足的平原地带。在那里，为了抓住一只难以捕捉的蚱蜢，他们每次都需要花费几个小时；他们在干燥的苔藓上慌乱地奔跑，像小猫一样用爪子跳起来扑向飞来的猎物，或者疯狂地用嘴去咬它，同时拼命地扭过身体，以防自己头着地摔倒。然后，一副滑稽可笑的样子，撅着尖得像感叹号一样的鼻子，又继续寻找另一只蚱蜢。

在我们看来，幼崽们捕捉蚱蜢真的非常滑稽可笑；也许他们的聪明老母亲也有同感，而她熟悉所有的捕猎方式，从捕捉蟋蟀到猎捕驯鹿，从抓捕地麻雀到捕获野鹅。但是，玩耍是第一任伟大的教育家，动物和人类都是如此。对于幼崽来说，他们追捕跳蚤之后的粗野跳跃就像猎杀公鹿一样兴奋不已，又像在松软的雪地里追逐一窝猞猁幼崽一样欣喜若狂。虽然他们并未意识到，但在阳光明媚、嬉戏的下午，他们每时每刻都在学习，而且他们一辈子都会记住自己的所学，并终身受益。

就这样，有趣的猎捕继续进行着，而老母狼就在灌木丛下板着脸若无其事地观察着：初出茅庐的幼崽们斗志昂扬，但错过了猎捕的绝大部分蚱蜢；最终，他们终于学会在追逐或警告之前要准确定位所有的猎物——这是狼从捕猎蚱蜢中学到的规则,而且会始终遵循这一规则。即使他们知道蚱蜢藏在哪里,也要等到蚱蜢跳出来,再从远处迅速向蚱蜢扑过去,但当他们抬起爪子想要吃掉蚱蜢时,蚱蜢还是会逃之夭夭。狼崽们知道蚱蜢不会死在他们那轻柔的爪下,他们只是想把蚱蜢压在苔藓里,等待着它再次跳起来。然后,幼崽们又学到了另一个本领:把两只爪子紧紧地合在一起,把鼻子像楔子一样插进去,把每一条逃生的缝隙都闭紧,直到他们的后牙下有了一块光滑的食物。即使在那时,看着他们咀嚼时的表情也非常滑稽好笑:他们张着大嘴巴,就好像在吞下一只兔子一样,当蚱蜢挣扎时,他们会再次咬住它;然后,他们疑神疑鬼地紧闭着眼睛,摇着头、晃着耳朵,好像他们不太确定自己是否真的在吃蚱蜢。

无论你是在观察狼、草原狼还是狐狸幼崽,在他们的狩猎中,你肯定会注意到另一个有启发性的事情。虽然警惕的老母狼没有发出任何声音,但幼崽们似乎随时都处于绝对控制之下。其中一只幼崽会追随着一只蚱蜢飞奔而去,但没有抓住它;于是,他又开始去捕捉,一直追到能看见在荒凉的大荒原边缘上忙碌的人群的地方。在那只幼崽追逐的过程中,老母狼会抬起头,专注地看盯着那只幼崽。虽然她没有发出人类耳朵能听见的声音;但是追逐却在那一刻停止了,幼崽小跑着回来了,就像哨声响起时半途折返的猎犬一样。这种绝对的权威和无声的命令使一只狼从最狂野的追逐中立刻返回,并使幼崽们在一举一动都受到监视的

第一章 强者——白狼韦伊塞斯

情况下聚集在一起,这真是太不可思议了。难怪狼能够聪明地避开每一个陷阱,而且一起觅食时,以难以置信的狡猾智取一些脚步飞快的猎物,其原因在于:在这片远离人类视线、一望无垠、未被开发的荒原边缘,在一个普通的狼幼崽家庭里,他们可以肆无忌惮、自由自在地玩耍,可以渴求、任性、索求,但却始终处于控制之下,并会立即服从于比自己更聪明的大脑和更坚强的意志。后来,在饥寒交迫的冬天,当一只大驯鹿开始行动,狼群紧跟其后追赶的时候,幼崽们记住了一个常识——每只狼都会抑制住饥饿感,服从无声的信号,放慢猎捕的脚步,慢慢地跟随着,而领头狼则在树林里飞奔前进,在远处的去路上埋伏下来。

依靠从捕捉蚱蜢中获得的经验,狼崽们开始捕猎在干燥的苔藓中筑巢、在灌木丛边缘成群结队的林鼠。这是更为激烈的狩猎,因为林鼠就像一道光线一样移动,而且刚开始他至少有一次故意误导任何可能在监视自己的动物。狼崽们很快就知道,当林鼠图克希斯出现并似乎害怕地退回去的时候,并不是因为林鼠图克希斯发现了他们,这是林鼠图克希斯的惯用伎俩。于是,狼崽们像猫一样蜷缩着躲藏了起来。当一条灰色的条纹掠过灰色的苔藓,消失在一个草丛中时,他们就会向那个地方扑过去,但结果总是发现那里空空如也;因为林鼠图克希斯总是会延长自己的踪迹,或者在苔藓下向下挖一段距离,所以他从来不会躲在自己消失的地方。狼崽们花了很长时间才发现了这一规律,随后,他们会匍匐下身子边爬、边观察、边倾听,直到他们通过苔藓下的搅动找到猎物的位置,接着就猛扑过去,从他们爪子之间的缝隙嗅

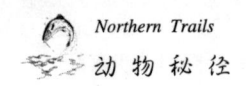

着猎物，就像他们对付蚱蜢一样。最后，当他们像嚼着熟李子一样咀嚼着林鼠时，他们发现这真是一道美味，值得费尽心思去获得。你看见的狼，不像托儿所学到的那个凶猛、吃掉祖母的动物，他本质上是一个温和的家伙，捕捉林鼠时是他最自由自在、兴高采烈的时光。

还有另一种追逐林鼠的方式，不仅能让狼崽们更好地运动，而且还能让他们吃到更多的食物。纽芬兰山上到处都是积雪，而且整个夏天都不会融化。从远处看，在北边山坡上的每一个凹陷处，都能看到没有帽子大的白色斑块在阳光下闪闪发光；但是当你追随着熊或驯鹿爬到那里时，你会发现一片巨大的雪地，面积达数英亩，深度达十到一百英尺。因为数年冬天的积雪，所以雪地结实而坚硬。当山谷里下起雨时，如你所愿，鲑鱼河的水位就会上升，一层薄薄的新雪就会覆盖着这片白茫茫的雪地；如果你去了那里，你就会发现新雪上布满了鸟兽的脚印。不知为什么，林鼠特别喜欢这些雪地。沿着边缘，你可以看到精致的蕾丝边的花饰，这表明林鼠曾在那里东奔西跑过，或在月光下一起玩耍过；如果你在那里观察上一段时间，你肯定会看到林鼠图克希斯从苔藓中走出来，在一片雪地上奔跑着，最后再次潜入苔藓下，仿佛他喜欢夏日阳光里脚下冰凉的雪的感觉。他在那里还有一个通往坚硬的冰块的地道，他的食物就藏在那里，因为如果把食物放在苔藓下，它就会受热变质，而且当食物短缺时，他就会想到这些冷藏室。但是，如果你从观察他和跟随他的足迹来判断，他夏天的大部分雪地旅行都是为了玩耍或享受，就像驯鹿迎着强烈的海风爬上来，躺在雪地里，只是为了躲避下面灌木丛中成群结队的苍蝇一样。猫头鹰、老鹰、狐狸、黄鼠狼和野猫——所有白天和黑夜的潜行者早就发现了这些好猎场，并在林鼠的踪迹上留下了翅膀和爪子的印记；但在对雪原的热爱的驱使下，林鼠图克希斯仍然回来了——他不顾所有敌人的威胁，依然来到这里繁衍生息。

一个月光旖旎的夜晚，老狼带着她的幼崽来到一片雪原的边缘，急切的目光很快注意到，在裸露的白色表面上，到处都是黑色的条纹。起初，狼崽们疯狂地追赶着林鼠；不过，他们也偶尔尝试着捕捉一束月光，因为月光不像林鼠那样有那么多地方可以躲藏。一会儿，狼崽们想起了蚱蜢，他们匍匐下身子爬行着，终于抓住了几只。与此同时，老母狼仍然躲在一边，心满意足地捕捉着来到她身边的猎物，而不是在雪地里疯狂地追逐它。幼崽们仍然需要榜样，因为聪明的动物，模仿力是极强的；狼崽们学习的大部分知识都是由于模仿了母亲。很快，幼崽们就安静下来了，一只躺在灌木丛的阴影下，另一只躺在一块灰色的岩石旁，而且从雪地上只能看到他的头。当一条黑色的条纹紧张地经过其中一只幼崽的藏

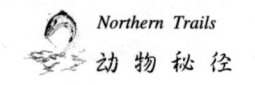

身处时，发出一阵急促的啪啪声，接着就听见大嘴巴嘎吱——嘎吱——嘎吱地嚼着嘴里的美味；然后，一切又安静了下来，只有灰蒙蒙的，看起来无辜的影子悄无声息地落在雪地上。于是，狼崽们沿着白色大雪地的边缘逐渐移动，第二天早上，所有的足迹昭然若揭，像白昼一样平淡无奇，无声地讲述着他们的狩猎故事。

为了改善他们的饮食，老母狼现在带他们来到岸边，在岩石间寻找鸭蛋。鸭蛋成百上千地散布在高水位线上方的荒凉的海湾里，因为那里是羽毛鸟类的巢穴。起初，老母狼告诉幼崽们该去哪里找，当她找到一堆蛋时，她会把它们平均分开，让饥饿的幼崽在稍远处有秩序地坐好，然后分发给每个幼崽一份鸭蛋，这样幼崽们就互不干扰、各吃各的。这样，狼崽们尝到了鸭蛋的味道后就敏捷地散开各自去寻找鸭蛋了，真正的乐趣也拉开了序幕。

此时，一只幼崽不停地把鼻子伸进每一个裂缝和每一片茂密的灌木丛中，发现了从母鸭胸前掉落的一大卷羽绒，他用爪子小心地刮掉了羽绒，露出了五六个淡绿色大鸭蛋，他就狼吞虎咽地吃着蛋、壳、雏鸭及所有的东西；随后，另一只幼崽闻到了气息，就跑过来分享。当一只棕色的大鸟从他鼻子底下呼啸而过时，他又一次目瞪口呆了。他坐在自己的尾巴上，带着滑稽的遗憾和渴望目视着那只鸟，直到她跌入潮水中，然后又迅速飞了起来；他想起了自己来这里的目的，便转身沿着那只大鸟的足迹回到当他走近时她偷偷溜出来的巢穴，他发现蛋还是热的，可以当早餐吃。当他随心所欲地饱餐一顿后，用嘴巴叼着一个鸟蛋，不安地到处

第一章　强者——白狼韦伊塞斯

乱跑，就像一只嘴里叼着骨头的狗，以为遭到了监视，于是他把自己的足迹搞得乱七八糟，随后找到了一个无人能看见他的地方，在那里挖了一个洞，把蛋埋在里面，然后再回去取蛋。在途中，他会遇到另一只嘴里叼着蛋的幼崽，他也在寻找一个没人能看见他的地方。

幼崽的食物从林鼠和蛋变成了兔子和野兔；当其他猎物稀少，而且林鼠藏在冬雪的深处（终于可以在短期内免受所有敌人的骚扰）的时候，兔子和野兔就成了他们的主食。这时候，狼爸爸第一次出现了。一天下午晚些时候，他悄无声息地走了过来，好像他知道，就像他可能知道的那样，现在正是需要他的时候。他对幼崽们视而不见，只是在老母狼的对面坐下来，而幼崽们此时正并排拍打着灌木丛。

到了晚上，狼崽们趁兔子在月光下漫不经心地玩耍时，抓住了他们，就像猎捕林鼠一样总共抓到了好几只兔子。然而，到了白天，狩猎方式就完全不同了。兔子在蕨类植物下隐蔽地休息，或在褐色树桩的根部之间的空隙中休息。兔子就像野鸟一样，无论是在窝里还是静静地躲起来，他们散发出的气味要比活动时少得多。狼崽们模仿着老母狼，在浓密的阴影中蹑手蹑脚地移动，迎着风捕猎；所以在惊动兔子莫塔克之前，他们用敏锐的鼻子先锁定他的位置。如果在受惊的兔子还没来得及扭头逃跑时，一只狼崽就一爪子把他抓走了，那么这

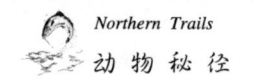

只狼崽就会叼着自己的猎物落在后面,而其他狼崽则会慢慢地、小心翼翼地穿过灌木丛。如果就像万事之初一样,这只狼崽失败了,那么马上会出现一点奇怪的狼的智慧和训练。

随着狼群的前行,狼爸爸和狼妈妈会在队伍的两端逐渐往前赶,他们很少自己去捕猎,而是把最近的狼崽的注意力吸引到他们发现的任何猎物上,然后默默地移动到稍稍领先的地方,观察结果。当狼崽冲了过去,没有抓住兔子,受惊的兔子按照惯常的左摆右晃的路线仓惶而逃时,狼群队伍的两端就会快速发生变化。老母狼飞快地冲了出去,一个像钢制兽夹一样的长嘴巴啪嗒一声咬了下去,随后把背部断裂的兔子扔回去,让那只幼崽吃掉它。

幼崽们先吃饱后,老母狼再吃,而狼爸爸需要自己去猎食,所以他就消失不见了;而且狼崽们一连几天都不会见到他,直到食物短缺,他们再次需要狼爸爸时,他才会再次出现。

有一天,幼崽们饿了,但由于持续在洞穴附近捕猎,所以猎物已经匮乏了。这时,狼妈妈就把他们带到一片茂密的灌木丛边缘,那里有足够多的兔子,但那里的灌木丛太稠密了,所以他们无法立刻跟上受惊的猎物。狼爸爸出现在远处,然后又消失了;幼崽们在妈妈身后小跑着,但他们对即将发生的事情一无所知。他们躲在灌木丛的背风面,每一只都蜷缩在灌木丛或树根

第一章　强者——白狼韦伊塞斯

下，而狼妈妈则像往常一样躲在一边。

不一会儿，兔子莫塔克出现了，他欢快地蹦来蹦去，突然扑通一声跑进了一只狼崽的嘴里——这只狼崽就像从地下跳出来似的，从兔子莫塔克突然受惊时经常跳起的最高处将他抓了下来。一只又一只兔子不知从哪里冒了出来，在被抓住之前，他们又折回到了灌木丛里。狼崽们感觉这真是太不可思议了，因为以前从未见过这种狩猎——兔子白天在外面活动，直接把自己送到饥饿的嘴里，而不是逃跑。之后，一只大红狐像影子一样悄然出现了，他停下来回过头嗅了嗅风。那天下午，他一直睡在灌木丛中央的一个树桩顶上。

狐狸埃列莫斯走近时，老母狼的眼睛开始发光。一阵急促的脚步声，像老鹰的俯冲一样迅速而突然；当狐狸转身要跳开时，老母狼的长嘴巴紧咬住他柔弱的后背，随后传出了一声尖叫；接着，她像闪电一样把瘫痪的狐狸埃列莫斯扔了回去，狼崽们立刻向他扑去。狡猾的狐狸埃列莫斯没等缓过神来就已经伸直了身子，一只狼崽咬住了他的尾巴，另一只狼崽咬住了他的喉咙；狼崽们忐忑地撕扯着、咕噜着，享受着第一次狩猎的战利品。他们模模糊糊、隐隐约约地看见了狼爸爸的身影，只见他快速而安静地在灌木丛中进进出出，把每一个生物都驱赶到幼

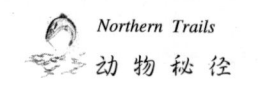

崽和老母狼等待捕猎的下风处。

这一课让幼崽们受益匪浅,尽管几年后他们才能学会丛林狩猎的所有技巧——几乎一眼就能知道猎物的位置,以及辨认藏在隐蔽处的是松鸡、野兔、狐狸还是猞猁,然后一只狼可以根据情况缓慢或迅速地驱赶猎物,而另一只则躲在猎物最有可能的逃跑路线旁边。必须诱惑一群松鸡向前走,永远不要让他们看到受到了谁的驱使,否则他们就会飞到树上不知所措;而猫肯定会被一阵急促的冲撞吓得魂不附体,在还没来得及弄清楚这场纷争的缘由之前,她就会飞快地离开。一只几乎和狼韦伊塞斯一样狡猾的狐狸必须知道有一只公狼正在慢慢地搜寻他那不易发现的踪迹;对于一只正在寻找烤苹果的麝鼠,或一只正在内陆伐木以备过冬之需的河狸,不能进行驱赶,而是应该迅速沿着他们冒险离开安全水域的足迹或河流进行跟踪。

必须以失败为代价才能慢慢学会所有这些知识,尤其是当狼崽开始独自狩猎,而父母们不在身边做示范的时候;但狼崽们从未忘记第一次捕猎兔子时学到的规则,即一起进行有策略的狩猎时,跟另一个同伴合作才能更好地击败任何猎物。这就是为什么你经常会发现狼成双成对地游荡;当你研究他们或追踪他们的踪迹时,你会发现他们会不断地相互嬉闹。他们似乎像智取猎物一样明智地分享战利品:伏击在逃跑路线并把猎物扑倒的狼,会欣然地把一部分猎物让给负责在灌木丛中驱赶猎物的同伴,他们之间几乎没有任何打斗的痕迹。

就像老鹰早就懂得了成双成对狩猎和成群结队狩猎的优势一样,狼在开阔的荒原上猎捕鹿时,很难隐藏自己的行踪,所以他

第一章　强者——白狼韦伊塞斯

老母狼的长嘴巴紧紧咬住狐狸柔弱的后背

们总是成群结队地行进，一个紧跟在另一个后面；这样，猎物只会从前面看见，只有两三只狼孤独地在平原上小跑。一开始，猎物对警报不以为意，直到第二只狼从领头狼后面飞速窜出时，鹿才开始仓皇逃窜；而且，看到另一只狼突然出现在自己的侧面，一只小鹿会惊慌失措，很容易失去理智，所以就被狡猾的狼群抓住了。

奇怪的是，平原印第安人在狩猎或侦察敌人时也以同样的方式行进。一位老酋长告诉我，这是他们民族的一个传统，是通过观察森林狼在开阔地带不动声色地行进时，他们学会的这个技巧。

一个夏末的午后，狼群在树林里悄无声息地溜达着，他们破坏了一个遮蔽所，但一无所获；就在这时，迷惑不解的狼崽们突然发现爸爸妈妈不见了。片刻之前，幼崽们还和父母一起小跑着在每个裂缝和树洞里搜寻过老鼠和蛴螬，而且不时停下来无忧无虑地打滚嬉戏；此时，狼崽们紧紧地挤在一起，观察着、倾听着，整个树林里弥漫着一丝焦虑不安——老狼们不见了，其实他们正在悄无声息地狂奔，而幼崽们就像收到了一个无声的命令一样，在竖起耳朵、抖着鼻子等候着。

树林里死一般地寂静，没有一点声音，没有一点响动。树林似乎跟狼崽们怀着同样激动人心的期待，一起倾听着。突然间，前面很远的地方传来了沉重的坠落声，打破了寂静。哗啦！嘭嘭！嘭嘭！接着爆发出了狼崽们从未听过的狂吠和嚎叫。狼崽们立刻活跃起来，也开始发出了尖叫声，这与通常的悄无声息的狼群狩猎非常不同，而且充满了一种莫名其妙的紧张，直到驯鹿的气味涌入他们饥饿的鼻孔，他们才明白过来；于是，他们的叫声比以往更响亮了。但是，狼崽们刚开始没有完全明白这件事，直到瞥见灌木丛中四处跳跃的灰色背影，那是两只大狼，他们在鹿两侧一边轻松地奔跑着，一边大声吼叫着以增加紧迫感。他们就像往常一样自信而机智地引导着受惊的蠢鹿，宛如一对牧羊犬赶着一群受惊的羊一样。

当狼崽们终于冲出浓密的灌木丛时，他们发现这两只老狼静静地坐在一堵崎岖不平的岩壁前，而岩壁从一座光秃秃的大山脚下向两边延伸开来。他们面前是一头年轻的驯鹿妈妈，她用角和蹄子凶猛地示威着；而在她后面，两头半成年的小鹿蜷缩着往岩石的缝隙里挤。鹿妈妈温和的眼睛里充满了愤怒，但不是恐惧。这时，她迅速转过身来，把她受惊的孩子们按回了掩蔽处；她发出一声凶猛的嘟哝声，飞速向狼冲去，而狼只是跳到一边坐了下来，再次静静地看着猎物；随后，狼崽们跑了出来，不安地在周围转来转去，每只眼睛、每只耳朵和每个抽搐的鼻孔都充满了好奇。

现在，这次狩猎的原因已经不言而喻了。尽管鹿群数量众多，散布在每个山谷和每个山坡的茂密树丛中，但到目前为止，那只驯鹿还在孤身应战。因为狼韦伊塞斯并不像人们常说的那样，是一个肆无忌惮的杀手；但凡能找到小猎物，他就会把这些小猎物抓住，不会去骚扰驯鹿。至于为什么，没有人能知道。因为人类对狼每天的行踪知之甚少的，也许这仅仅是口味的问题，是他们对更小、更有趣的动物的偏爱；更有可能，这是本能和判断力的结合，对未来捕猎动物的一种独到的眼光。小狼开始骚扰鹿的那一刻——如果母狼不在，他们总是这样做，驯鹿就会离开这片土地，而且当一只小狼对他们展开围捕后，驯鹿群会变得更加桀骜不驯、更加多疑，非常难以接近，而地球上没有任何生物——即使是白狼或训练有素的灰狗——能使受惊的驯鹿感到疲惫或败下阵来。当这些体形庞大的白色流浪者开始摇摆身体时，他们是那么地轻盈；但是当猎鹿犬队出发时，就像在纽芬兰不止一次尝试过的那样，不管他们多么拼命，都无法在四分之一英里的范围内看到鹿群的身影，而且无论是狗还是狼，都未曾发现驯鹿梅嘉丽普疲倦过。因此，老狼可能依靠过去的经验养育着幼崽，并严

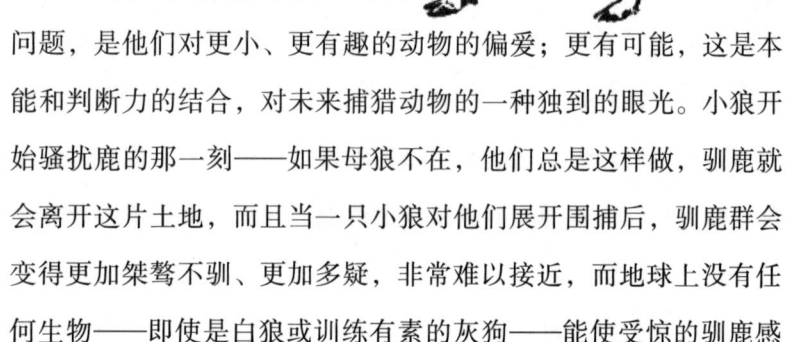

第一章 强者——白狼韦伊塞斯

格遵循捕猎规则去捕获小猎物。当寒冬来临，小猎物稀少，狼群饥饿不堪时，他们才会把驯鹿作为最后的选择。驯鹿的胆子越来越大，他们来到一个之前没有受到骚扰的地方，所以这时候更容易接近；于是，狼群悄悄地而不是迅速地杀死了几只驯鹿。

然而，今天下午，老母狼在灌木丛中扑向驯鹿和她的幼崽，并为了嗷嗷待哺的狼崽迅速跳上前把他们堵住。对于一只老狼来说，抓住一只落在后面的幼鹿，或者当驯鹿妈妈回旋着保护后面的幼崽时，将她抓住将是世界上最容易的事情，但是在这个身经百战、长满毛发的灰色脑袋里，还有其他盘算。老母狼缓慢地驱赶着驯鹿，这让他们越来越困惑，就像一只柯利牧羊犬用嘶吼声分散羊群的注意力一样；老母狼把驯鹿赶到了开阔地带，这样她的幼崽可能会加入到狩猎中来。

除了老母狼外，其他狼现在都后退了。她迟疑地靠近了驯鹿所在的位置，然后低着头，观察着驯鹿的一举一动。突然，那头驯鹿妈妈气势汹汹地猛冲过来，速度非常快，以至于老母狼差点被撞上，接着她用宽阔的蹄子朝着老母狼的胁腹猛踢过去。此时，

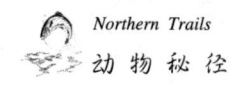

狼的靠近和明显的懦弱激起了驯鹿的斗志，驯鹿把敌人驱赶得越来越远，马上又惊慌失措地转过身来，冲回到她的孩子们身边。这时，其他的狼，仿佛被驯鹿妈妈愤怒的冲击吓坏了，已经从岩石的缝隙处退得更远了。

老母狼又一次小心翼翼地靠近了驯鹿妈妈，而驯鹿妈妈又一次扑向她，接着又一瘸一拐、怒气冲冲地撤退回去。狼爸爸像被电流击中一样，闪电般跳到了幼鹿身上，但只用长有尖牙的长下巴猛地咬了一口。整件事就好像只是一场游戏而已，狼爸爸轻轻松松地和狼崽们一起跑开了，并周旋着加入了老母狼的行列。奇怪的是，当驯鹿冲回来时，老母狼并没有继续攻击，而是把狼崽和狼爸爸像一群羊一样赶走了。此时，海岸已经畅通无阻，没有一个敌人了，驯鹿妈妈向她的幼崽发出胜利的召唤，一起回到了来时的树林里。

但只有一只幼鹿跟了上来，而另一只幼鹿走了一两步后，就跪了下去，侧身躺下翻了个身。当狼悄悄靠近时，没有一点凶残的痕迹，也没有通常所说的嚎叫，但猎物却悄然无声地死去了。狼爸爸的牙齿在那只幼鹿的前腿后面飞快地咬了一口，这比猎人的子弹更准确地刺穿了他的心脏。驯鹿妈妈在灌木丛中疯狂地扑向了远方，受惊的幼鹿紧跟在她身后跳来跳去，但她不知道她疯狂的逃窜是多此一举的，因为那个放过她并让她自由自在的可怕敌人没有必要也没有欲望继续跟踪她了。

丰盛的秋天已经到来，驯鹿也不再受到骚扰了。整个夏天，成群的松鸡和雷鸟都躲在浓密的丛林里，而现在都走了出来，开始采摘开阔平原上的浆果，但却很容易遭到未成年狼崽的拦截和

第一章　强者——白狼韦伊塞斯

抓捕。珩科鸟结伴从拉布拉多群岛出发，掠过了海峡。狼群把灰色的身体贴近结满青苔的灰色苔藓里，看起来就像风化的木头一样，他们离这群奇怪的鸟越来越近，最终将鸟群团团围住；虽然猎物难以填饱肚子，但狼群还是展开了紧张而兴奋的狩猎。狐狸幼崽们远离了自己的妈妈，在外面游荡，肆无忌惮地享受着丰富的食物。此时，两只小狼很容易就把一只狐狸从白天的隐蔽处赶出来，并趁他偷偷溜走的时候把他抓住。

珩科鸟被猎杀后，大群的野鸭来到这里，所以池塘里和广阔荒原的闪亮处，到处都是喧闹的嘎嘎声；小狼也像狐狸一样，学会了通过激发好奇心来诱骗愚蠢的鸟儿。他们躲在草丛里，其中一只在开阔的海岸上嬉戏打滚，直到野鸭们发现他；于是，野鸭们开始伸长脖子，叽叽喳喳地说自己以前从未见过这种奇怪的东西。野鸭就像驯鹿或火鸡一样，生性腼腆简单，喜欢窥视每一种新鲜事物。鸭群一会悄然无声，一会叽叽喳喳地说个不停；而且，他们会突然掉头、散开，然后再次聚集在一起，最后荡来荡去地朝着岸边游去，每只野鸭将脖子伸得像绳子一样直，以便更好地看到正在发生的事情。他们离岸边越来越近，这时那只小狼从草丛中迅速冲出来，吓得野

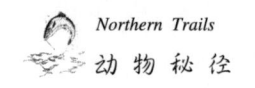

鸭们仓皇而逃。鸭群飞溅着水花,疯狂地嘎嘎地叫着,但总有一两只野鸭和狼一起留了下来,他们为自己的好奇心付出了代价。

接下来是小雁,他们三三两两地聚集在浅滩上,为秋天的飞行做着准备和操练。下午晚些时候,老母狼和她的幼崽们会偷偷地穿过树林,并躲起来观察雁群;而实际上,在雁群沿着海岸活动时他们就悄悄地跟踪着。到了晚上,庞大的雁群会靠近一个沙洲,那里远离岩石、灌木丛以及任何可能隐藏敌人的遮掩;在开阔的海岸上,他们会分成小家庭群紧挨在一起睡觉。随着夜幕降临,四个影子就会从最近的阴暗的岸边走出来,他们缓缓地、不慌不忙地爬向了沙洲。一个猛冲,接着响起一声惊愕的雁叫!随后,翅膀的拍打声、嘎嘎的叫声和水的泼溅声混成了一片。最后,四个影子从沙滩上爬起来,小跑着向树林跑去,每个影子的肩膀上都扛着一个东西,尖尖的嘴巴上方紧挨在一起的双眼闪闪发光,他们紧紧咬住大雁的脖子,唯恐他们大声喊叫,向受惊的雁群通风报信。

除了这些丰富的猎物外,还有其他美食,因为幼崽不喜欢连续两次吃同样的食物。此时,鲑鱼和大鳟鱼正在清澈小溪的每一处浅滩上三五成群地游来游去,因为产卵后,这些鱼非常虚弱,所以很容易被狡猾的动物抓住。无论白天还是晚上,伴随着潮起潮落,都会留下一堆堆死鲱鱼和毛鳞鱼,还有

第一章 强者——白狼韦伊塞斯

零星的螃蟹和贻贝之类的调味品,就像布丁里的李子一样。狼只需要沿着一片荒凉海滩的潮水线小跑上一两英里,就会捡到大海带给他的美食,然后他就可以心满意足地回去睡觉或玩耍了。如果狼韦伊塞斯想试试自己的勇气和智慧的话,那么可以挑战一下正在黑色岩石上吼叫的肥壮海豹。他只要切断海豹和大海之间的路线,那么当海豹群奋力挣扎着想要返回安全地带时,他就可以扑到最大的海豹身上。极少数情况下,狼会始终抓着猎物不放,而是把猎物放开,让猎物逃走,紧接着再趁机将猎物抓住;但这次,他必须抓住猎物不放,否则的话猎物就会逃脱。海豹咬牙切齿地周旋着想要回到大海,狼突然扑上去切断他们的退路,而且乐此不疲。事实上,通常情况下,尽管有三四只狼,但一只大海豹还是会逃到潮水中;不幸的是,鲨鱼会跟随着他的血迹,而且很快将他咬死。

现在,因为食物丰盛,所以狼群开始捕杀另外的猎物,并像松鼠一样把食物储藏起来,以迎接即将到来的冬天。就像蓝狐和北极狐一样,狼群储存食物的奇怪本能有时似乎在他们体内蠢蠢欲动。偶尔,在老母狼的带领下,幼崽们会用半天的时间去捕猎,并将捕获的所有猎物带到雪地里,而不是在猎捕后进食和睡觉。在雪地里,每只狼都会在岩石中寻找一个裂缝,把猎物藏起来,并用雪把它深深地覆盖,以阻止游荡的狐狸闻到它的气味。随后,狼群一连好几天都会忘记即将到来的冬天,他们无忧无虑地玩耍着,仿佛树林里永远像现在一样到处都是猎物;突然,他们又心血来潮,杀光了所有能找到的猎物,并把猎物藏在另一个地方。但是这种本能——如果它确实是本能,而不是母亲自身经验的结果的话——也非常不稳定;当幼崽们第一次感到饥饿或懒惰时,他们会径直走向隐藏的储藏食物。早在春天来临之前,他们就已经吃光了所有的食物,但是后来他们还是会至少十几次地回到空荡荡的储藏室,像狗一样一次又一次地跑到自己曾经藏骨头的地方,懊悔地把储藏室嗅个遍,以确定没有遗漏任何东西。

在这些无忧无虑的日子里,比起猎物、储藏室或他们藏在岸边沙滩下的一堆毛鳞鱼,狼们更感兴趣的是游荡的驯鹿群、长着壮观且巨大的鹿角的老公鹿,以及四肢修长、生性好奇的小鹿;这些小鹿紧跟着浑身圆滚滚的母鹿,而母鹿头上又小又尖的角比公鹿笨重的鹿角更致命。无论狼走到哪里,都会遇见从灌木丛中蜂拥而出的流浪者的足迹,有时他们是三三两两,有时一群群,陆陆续续地汇聚到开阔的荒地,他们就聚集在那里,为下一年挑选配偶。对于鹿群的发源地,狼崽们感到迷惑不解。夏天,你几乎看不到鹿群的踪影,因为鹿妈妈会带着幼鹿藏在隐蔽处,而公鹿会像一个守望者一样站在山顶上;但当初秋来临时,鹿群就无处不在,他们经常穿越河流和湖泊,沿着祖祖辈辈走过的深深足迹前行。虽然驯鹿的数量让幼狼们感到莫名恐惧,但鹿妈妈和幼鹿似乎非常温顺,且毫无敌意。经过第一次学习后,狼崽们可以很容易地猎杀自己想要的一切,所以变得像熊一样又胖又懒,而熊现在正在为了冬眠而填饱肚子；但是老母狼牢牢地控制着幼崽，因为小猎物遍地都是，所以狼只需要安静地忙自己的事情，不需要去骚扰驯鹿。当十月来临时，大公鹿也加入了庞大而壮观的兽群中，他们脖子粗大，眼睛猩红而凶狠，长长的白色鬃毛随风飘扬。狼群不得不躲到一边，因为公鹿在陆地上到处游荡，怒气冲冲地抓着苔藓，咆哮着发出挑战，像旋风一样冲向每一个与他们擦肩而过的生物。

老母狼跟在幼崽的后面，看到远处有一只大公鹿时，她会谨慎地绕开他，以免再次相遇。当狼崽们猎杀兔子时，他们会听到灌木丛的轰鸣声，以及一些好斗的公鹿发飙时向他们发出的愤怒挑战声；母狼将她的幼崽们紧紧地围拢在自己的四周，警惕着公鹿的前冲。而当公鹿冲过来的时候，狼群就会分散开来，敏捷地跳到一边，然后坐在尾巴上，庄严地围成一圈，盯着公鹿，仿佛在研究这只奇怪的野兽。公鹿会一次又一次地向狼群冲过去，结果却发现自己在与风对抗。公鹿会像大黄蜂一样疯狂，他看准一只狼崽，并跟着狼崽穿过灌木丛和树丛，直到某种微妙的警告给他的疯狂敲响了警钟——注意胁腹；然后，当他转身时，他会发现那位野蛮的老母狼紧跟在他的

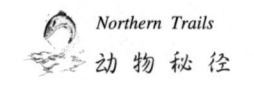

身后，她呲着白色的獠牙，眼中闪着危险的光芒，因为她看到他的脚筋近在咫尺，很容易就能咬到。只要母狼一个跳跃，就会听见咔嚓一声，这只狂妄自大的公鹿就会像兔子一样无助，因为他跗关节处的肌腱彻底断裂了。尽管公鹿的力量很大，但如果再被咬一口，他肯定会栽倒在地，成为那些坐在尾巴上围观他的狼崽们的食物，那时他们对于公鹿的凶猛挑战不再感到恐惧。但驯鹿梅嘉丽普的时代还没有真正到来，因为他太强壮了。狼们观察了他一会儿，也许对这场粗野的游戏感到滑稽好笑；然后，仿佛在一个无声的命令下，狼崽们像影子一样消失在最近的树丛里，这让大公鹿愤怒地认为自己是全世界的统治者。有时，当狼爸爸独自游荡时，他就像一只沉默不语、强大而高贵的野兽；有时，他也会遇到驯鹿，接着就会有一场引人入胜的动物游戏。狼爸爸很少会躲到一边，因为他对自己的力量很自信，而且鹿妈妈和幼鹿看见他后会跑开，并朝荒原飞奔而去。过了一两分钟，他们发现自己没有受到骚扰，便转过身来好奇地看着狼，直到他消失；也许他们很好奇，为什么深雪和严寒中的凶猛敌人现在像过往的鸟儿一样毫无敌意。

还有一次，一头年轻的公鹿——（他长着锋利而光滑的尖角，比那些长着巨大鹿角的公鹿更活跃、更危险，但却没有公鹿那么自信。）

他站在老狼的去路上，与面前低矮的老狼争抢着优先通行权。在这里，通行权意义重大，因为在平原高处的许多地方，云杉灌木丛生长得非常茂密；冬天，人们穿着雪鞋就可以很容易地从上面跨过，而夏季唯一可能的通道是由无数动物经过灌木丛时踩踏出来的小路。因此，此时，在狭窄的道路上相互接近的两个凶猛的畜生中，必须有一个靠边躲让一下，否则就会被踩在脚下。

老狼会悄无声息、不慌不忙地走到差不多能弹跳的距离，这时他会停下来，抬起他的大脑袋，皱着眉头，露出长长的白色尖牙，并从他巨大的胸腔深处发出隆隆的警告声。然后，驯鹿就会不知所措，他跺着脚、动来动去、大喊大叫，最后开始紧张地转来转去，接着冲进了灌木丛，好像在寻找机会从侧翼攻击敌人。但是老狼悄悄地沿着小路小跑而去，不再理会别人的打扰，这让年轻的公鹿感到疑惑不解；于是公鹿把身体藏在灌木丛里，探出脑袋伸到狭窄的小路上，注视着那个陌生对手的背影。

还有一次，当老狼沿着驯鹿群聚集的荒原地带漫步时，他听到一头巨大公鹿的挑战声、树枝的警告声以及驯鹿冲锋时的蹄声。老狼还是若无其事地小跑着，同时从眼角瞥着周围，直到公鹿扑

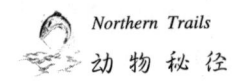

向他时，他才轻快地跳到一边，避开了攻击。随后，他会坐在尾巴上仔细观察这只公鹿，但没人知道狡黠的眼睛后面隐藏着怎样的盘算。那双眼睛就像燃烧的煤一样闪闪发光，虽未受到风吹的干扰，但却随时准备在粗野地喘息的火焰中爆发。公鹿会一次又一次地冲上去，而且每次失败都会让他更加愤怒；每次老狼跳到一边时，都会在公鹿的脖子或侧面留下一道可怕的伤口，残酷地惩罚他的欺凌性攻击。但奇怪的是，老狼不会将他杀死（就像他可能做的那样），也不会快速地咬断公鹿的腿筋——这样就会让这个大猛兽永远失去战斗力。最后，老狼也许根据过去的经验，感觉惩罚或与徒有一副空架子的公鹿纠缠都是徒劳无益的，于是他便跑开躲藏了起来；紧接着在广阔的荒原上响起了一声胜利的号角声，并回荡在山边。过了一会儿，老狼悄悄地绕了回来，把鼻子伸进雄鹿的蹄印里，深深地嗅了嗅，随后又默默地离开了。狼的鼻子永远不会忘记，在即将到来的狼群挨饿的痛苦日子里，当发现雪地上有很多其他动物游荡的踪迹时，他就会知道自己正在跟踪的目标。

除了驯鹿，还有其他东西可以激发幼崽的好奇心，并且除了吃和睡之外，还有其他可以让他们高兴的事情。当猎人最爱的满月在树林中升起时，所有动物都开始异常地不安。狼群会绕着宽阔的海湾，从头到尾排成一列在高高的山脊上默默地走着，看起来就像月光下远处的一列爱斯基摩狗。当走到渔村上

第一章　强者——白狼韦伊塞斯

方时,他们就坐下来,每只狼都坐在自己能找到的最高的岩石上,对着星星扬起嘴巴,一起发出长长的嚎叫——呜——呜——呜——呜!这可怕的哀嚎,似乎让所有听到的狗都烦躁不安。于是,狗们低着头冲出了村里的小巷,头部朝里,尾巴朝外,在海滩上围成一个大圈,扬起鼻子朝着远处狼头晃动的山顶,嚎叫着回应。这时,狼静静地坐下来,竖起耳朵倾听受到牵制的近亲的哭喊,直到凄惨的嚎叫声消失在沉默中;接着狼群再次发起挑战,又开始嚎叫起来。

狼和狗为什么会这样?他们对月光下奇怪的异常景象有什么感受?是什么平息了他们之间的深仇大恨?没人能说得清。通常情况下,狼既讨厌狐狸也讨厌狗,每当狐狸和狗经过他们的踪迹时,狼就会把他们杀死;但今天晚上,狐狸们在狼群周围嗷嗷嚎叫着回应。有时候,几只大胆的狗会悄悄地爬上山顶,坐在岩石上,加入野狼的合唱,但是没有一只狼去骚扰他们。大概狼群都有点神经错乱,不知道自己在做什么。

几个小时以后,这场不可思议的闹剧一直持续到紧张的午夜,然后就是一片寂静。就像古魔咒再次降临到堕落的爱斯基摩狗身上一样,他们的哭声越来越疯狂、越来越令人心碎。安静而清冽的月光洒在孤寂的山顶

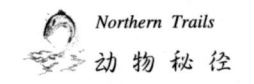

上，每一座山峰上都有一只狗或一只狼，他们都仰望着天空，尽情地嚎叫。声音散落在深海之滨和海湾岸边数英里的小村庄里，沉睡者被闹醒，女人们紧紧地抱着孩子，而男人们咒骂着疯狂的野兽，并发誓明天一定要去教训他们。然后，狼会像影子一样溜走了，溜进了广袤的高地荒原上；而狗会像女巫一样焦躁不安，怀着莫名的兴奋感，向主人的小屋跑去，一边惨叫着，一边抓挠着房门。

很快，大雪花开始在空中飞舞，忙着为即将逝去的秋天编织一张柔软的白色卷帘。的确，对于狼幼崽和大多数野生动物来说，这是一段美好的时光；他们在脂肪的喂养下变得又肥又壮，而且在经历了很多以后变得更加聪明。野鸭和大雁消失了，因为他们赶在猛烈的秋风刮起之前向南方飞去了，只剩下一窝刚破壳的耐寒羽绒类土待在这里。鲱鱼和毛鳞鱼很久以前就漂流到了未知的深处；在那里，潮水不停地在他们身上流过，但从未将任何一条鱼带上岸。野兔和松鸡变得更白了，躲在雪地上；这样一来，当狼和狐狸从附近经过时，就不会发现他们。林鼠在延伸着的蜿蜒的隧道里，在漂流物的深处建造了拱形的玩耍空间，在那里没有人会去骚扰他们，所以他们也不会感到害怕。所有的动物都变得警惕而大胆，因为他们根据自己的经验得出一条一成不变的定律，即只有敏锐的生物才能在秋季的狩猎中幸存下来。漫长的冬天，威尔海湾和郎润治地区冰雪覆盖、食物匮乏，但狼韦伊塞斯必须在那里生存下去。

第一章　强者——白狼韦伊塞斯

白狼的狩猎

虽然北方的冬天天寒地冻，它不仅严厉地命令鸟儿们离开，野兽们穿上厚厚的毛皮，雪地里的小家伙躲在白色的皮毛下，而且还命令所有的生物好好注意自己脚下的踪迹，但这并不会让狼韦伊塞斯和她强壮的幼崽们望而生畏。狼崽们享受着眼前的幸福时光，在第一场厚厚的大雪中像小狐狸一样尽情地翻滚着，并没有我们想象的那样痛苦、焦虑或恐惧。而且，他们惊奇地发现，这条奇怪的毯子非常轻柔地覆盖着崎岖不平的地面，使他们脚步声轻快，比以前更加安静了。悄无声息、默默无闻、与周围环境和谐一致是这片广袤孤寂中每一个生物的首要愿望。

此时如果遇到狼群，看到他们在大范围内放心大胆地游荡时，人们很难认出他们就是那些在小路尽头的洞穴里玩耍的棕色小动物。这些幼崽已经长成威武的野兽，比最大的爱斯基摩狗还要高大；而他们的父母四肢修长，脑袋庞大，咬合有力，比任何一只大灰狼体格都更加强壮。他们浑身上下都活力四射，当他们昂着头，后腿蜷曲着静静地躺在雪地里时，他们庞大的身躯就像强大的发动机一样，在巨大的压力下悄无声

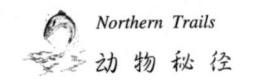

息；当他们站起身时，就像钢制弹簧那样快速有力。的确，狼韦伊塞斯的惯常动作大多数都非常快，所以眼睛无法跟踪到。一只狼在地上平躺了一会儿，他长长的四肢平放在苔藓上，在昏昏欲睡的阳光下闭着眼睛，整个身体就像猎狗在追逐狐狸后那样精疲力竭、软弱无力；突然，就像相机快门一样咔哒一个闪光，他就站了起来，警惕地侦察着掠过的微风，或者专注地盯着你的眼睛。在某种微妙的警告下，如此庞大的躯体会不假思索地从一个地方跳到另一个地方，这让你无法想象，更不用说跟踪了。他们都是浑身雪白，长满浓密的毛发，而且浓密的鬃毛让他们的外表更加威武；在小跑时，他们的尾巴几乎是直的，只在靠近身体处有一点轻微的弯曲，这是真正的狼的标志，而这一标志仍然在许多牧羊犬身上可见，这说明这个退化的种族有着高贵的血统。

第一场大雪之后，由于饥饿感的加剧，再加上很难在一个覆盖物中找到足够的猎物来满足狼群的所有需求，所以这家人就分道扬镳了。狼妈妈和最小的幼崽待在一起；两只更大的幼崽去山的另一边游荡了，他们就像训练时那样，敲打着灌木丛，一起合作狩猎；而高大的狼爸爸则像多年来那样，独自去狩猎了。尽管他们四分五散，但他们仍然忠实地保持着彼此的联系，以一种随意的方式满足彼此的需要。无论身在何处，狼似乎都能凭着本能知道自己的同伴在几英里外的什么地方狩猎。当狼感到有危险的气息时,他只要登上最高的山顶,大声嚎叫(在静止而寒冷的空气中传出很远的距离),就能使狼群悄无声息地迅速聚集在一起。

有时候,当狼崽一连两天都没有进食时,他们就会隐隐约约听到食物在很远的地方发出的哀鸣——呀呜——呀呜,声音在星空下、在清晨紧张的空气中颤颤悠悠;于是狼崽就飞奔而去,去寻找一只刚被自己的爸爸或妈妈杀死后留给自己的猎物。夜幕降临时,一只幼崽再次发出一声深沉而富有乐感的捕猎嚎叫声——呜呜,呜呜!喔,喔!接着从高地传来两声短促的狗叫声,于是狼群立刻放弃了他们正在追逐的猎物,匆忙赶去,并发现两只狼崽正在岩石的裂缝中接近一只驯鹿——这是一只年幼的驯鹿,他的妈妈已经死于猎人之手,他还不知道如何照顾自己。其中一只狼崽把小驯鹿堵在那里,坐在尾巴上挡在他前面,防止他逃跑,而另一只狼崽则把远去狩猎的狼群召唤回来,共同享用盛宴。

无论这是一次有意识的分享猎物,还是一次只要有风吹草动就会发出的警报,没有谁能说得清。当然,狼显然比人类更清楚的是:持续的捕猎会失去自己的目标;特别是驯鹿,当他们被狗、狼或人惊动时,会迅速发出警报,分散的鹿群在共同危险的威胁下,会远远地跑到其他地方。这就是为什么对不那么聪明的狗来说,狼总是悄无声息、偷偷摸摸、不动声色地进行狩猎,以及为什么一只狼吃饱后或另一只狼为整个狼群猎杀了足够的猎物后就会停止狩猎并离开那里,有可能是他只要能找到其他的猎物,就不会去骚扰鹿群。

同样的聪明才智体现在另一种奇怪的捕猎方式上。当狼经过

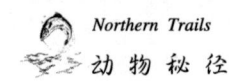

大范围的搜寻后发现了一个小猎物丰富的绝佳猎场时，他会趁着暮色悄悄地抓起一只兔子，然后远走高飞，也许是为了前去加入其他幼狼的嬉戏，或者是为了跟随狼群到渔村上空的悬崖上，让所有的狗拼命嚎叫。到了白天，狼会躺在离猎场几英里远的浓密树丛里。黄昏时分，他会蹑手蹑脚地再溜回来觅食，时间刚够他能抓到猎物；随后他又小跑着离开了，而覆盖物却安然如故，好像整个附近地带都没有出现过狼的身影一样。

这样好的一个猎场不可能长久蒙蔽野外的其他游荡者；狼韦伊塞斯一直对自己的发现保密，但很快他就发现一只老狐狸日复一日地回到同一片覆盖物的踪迹。任何两只狐狸、老鼠，两个人或任何其他两种动物都不会留下同样的气味。例如，任何一只老猎犬在一天的狩猎中，都会确凿无疑地抓住锁定的一只狐狸，尽管其他十几只狐狸会打乱或掩盖他的踪迹。狼很快就知道了，趁他不在的时候，同一只狐狸每天晚上都来自己的专属猎场里偷猎。对于一个偶然路过的流浪猎人，他会毫不在意；但是，对于这个狡猾的偷猎者，必须严阵以待，否则树丛里的兔子会一只不剩。因此，狼韦伊塞斯不再在黄昏时分趁着兔子们活动的时候去猎杀了，而是等到正午，当阳光明媚，狐狸昏昏欲睡的时候去捕猎，然后再回去寻找偷猎者的踪迹。狼韦伊塞斯会沿着踪迹来到灌木丛中一块阳光明媚的开阔地带，那里就是狐狸埃列莫斯一天休息的地方。狼韦伊塞斯会从背后偷袭狐狸，结束他的偷猎生涯；或者，如果像通常那样，狐狸没有遭到骚扰，那么每天他都会住在同一个洞穴里。这时狼会小心翼翼地在灌木丛中来回地转，以找到狐狸埃列莫斯夜间狩猎时通常出来的踪迹；当他发现了狐狸的

第一章　强者——白狼韦伊塞斯

踪迹之后,狼韦伊塞斯会腾空跃起,忽高忽低地疾驰而去,这种奔跑方式能使狼迅速穿越最崎岖不平的地面而不感到疲惫,一两个小时后,他会带着另一只狼返回。这时,狐狸埃列莫斯正在冬日的阳光下打着瞌睡,当他听见身后的灌木丛里传来一种不寻常的声响——一些笨重的动物在一个不易发现的踪迹上漫不经心地乱窜,大声地抽着鼻子,他确信那不会是狼,因为狼不会发出声音。于是,狐狸埃列莫斯从温暖的岩石上下来并溜走了,而且还不时停下来回头查看,洋洋得意地听着身后那只笨手笨脚的野兽,直到他猛地撞到了另一只狼的嘴巴上;这只狼一直埋伏在狐狸逃生的道路旁,并警惕而安静地注视着他。

雪下得又深又软的时候,狼群开始猎杀猞猁。猞猁是一种体形庞大、凶猛、长爪的斗士,他们大批地出现在纽芬兰的内陆,对那里的小型猎物造成了严重破坏。对于猞猁,狼群会成双成对地捕猎;他们悄悄地尾随着一只大型潜行者,从后面猛地向他扑去,以惊吓他那愚蠢的脑袋,并趁他还没缓过神,让他像猫一样向前扑去。然后,猞猁会竭尽全力地跳起来,而且每一次跳动,都会沉到齐肩深的雪地里,甚至会沉到齐到他毛茸茸的耳朵的位置;而在猞猁身后,狼群会利用他在松软的雪地上踩踏的洞轻快地奔跑着。突然,猞猁的胁腹被咬了一口,于是他凶猛地咆哮起来,想把追赶自己的狼群撕成碎片。就这样,森林里开始了从未有过的野蛮战斗,牙齿对抗着爪子，狼狡猾地对抗着猞猁的凶残。猞猁阿普威克斯蜷缩在雪地里，龇着牙咧着嘴，吐着口水，咆哮着，瞪圆了闪闪发光的眼睛，亮出尖锐的长爪子，怒气冲冲、迫不及待地等着狼群的扑来。虽然猞猁是个凶残的战士，但他必须要靠近敌人，才能用牙齿和前爪对付敌人，而且后爪才能进行致命的攻击，断断续续地向下猛抓，撕碎前面的一切。如果冲过来的是狗，那么肯定会被撕成碎片；但现在，面前的却是狼群。他们在大猞猁周围轻快地跳来跳去，伺机发起攻击，有时用可怕的后爪避开了猞猁那敏捷的爪子，有时用他们厚重的鬃毛挡住爪子的攻击；但当狼群的牙齿发出金属捕兽器的声音时，他们总会在猞猁的银色皮毛上留下长长的红色印记，而狼群却跳到一边，不会受到严重伤害。当这只大猫（猞猁）被愤怒冲昏头脑时，狼群会像闪电一样趁机同时跃起：一对长长的嘴巴会紧紧咬住毛茸茸耳朵后面的脊柱；另一对嘴巴会咬住他的一条后腿，而其他狼则分别用身体抵住猞猁。战斗就这样结束了。成双成对的驼鹿鸟悄无声息地飞了过来，想看看"宴会"上是否还有残羹冷炙可以享用。

偶尔，夜幕降临时，当狼崽听到三四只猞猁冲着他们一起扑倒的猎物发出可怕的咆哮时，狼群的狩猎叫声就会从树林中响起。虽然猞猁阿普威克斯通常是个独来独往的家伙，但在寒冷的冬天，他也经常会和一群凶猛的掠夺者——狼群一起游荡，去捕猎体形较大的动物。没有哪只小狼会独自遇到这样的兽群；但当狼群像暴风雨一样向他们袭来时，猞猁就会横冲直撞地

第一章 强者——白狼韦伊塞斯

狂吠而去。两只大狼从队伍的两端切入,将一只猞猁幼崽敏捷地推到一旁,让狼崽们解决;然后,大狼们再为自己抓捕一个猎物。这样,狩猎就结束了,只有盛宴还在继续。

当又大又狡猾的猞猁听到第一次警报爬上一棵树时,狼群会走到背风处,这样猞猁阿普威克斯就发现不了他们,但狼群的鼻子会准确地告诉自己猞猁在干什么。然后,漫长而熬人的游戏开始了,狼群在等待着猎物下来,而猞猁在等待着狼群离开。猞猁阿普威克斯处于弱势,因为他从未赢过狼群;通常,猞猁会在一两个小时内从树上下来,但还没等他跳动十几下,就发现狼群仍然在身后紧追不舍,于是就爬上了另一棵树,就这样游戏又一次拉开了序幕。

当夜晚极度寒冷时——没有感觉到寒冷的人难以想象二月北方午夜的刺骨强度——狼群非但没有离开,反而在猞猁躲藏的大树下默默地等待着,开始了可怕的死亡守候。虽然猞猁皮毛很厚实,但不能在严寒中长时间静止不动。此外,猞猁必须用爪子牢牢地抓住他所坐的树枝,以防坠落;而且,紧绷的肌肉会让长爪子弯进树木中,很快他就会在严寒中变得疲惫而麻木。与此同时,狼群会小跑着取暖;而愚蠢的大猫却待在树上慢慢等死,但他却从来没有想过在树上跑来跑去让自己活下去。最后,猞猁的脚就会麻木,再也抓不住树干了,于是猞猁就会跌入狼的嘴里;或者冒着危险跳到最近的狼跟前,在搏斗中死去。

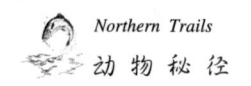

尽管寒冷刺骨，但对狼来说，他们轻而易举地就能解决保暖的问题。冬夜里，他们总是轻快而安静地小跑着，而且顺便猎捕路上遇到的猎物，所以他们几乎感觉不到刺骨的寒冷，也感觉不到像冰柱一样刺骨的寒风（它试图穿透覆盖在他们身上的蓬松的白大衣）。当他们不再感到饥饿时，或者当夜幕降临，他们仍在自信满满地狩猎时，他们会沿着众多踪迹中的一条挤进茂密的灌木丛，躺在树叶的巢穴上，即使在仲冬时节，树叶也是干巴巴的，好像从来没有下过雪或雨。无论多么强烈的风或飓风都无法穿透他们的巢穴，他们头顶上方低矮的树枝上满是积雪，堆成了一条三英尺厚、又柔软又温暖的毯子，将他们包裹了起来；他们会把敏感的鼻子伸进自己厚厚的皮毛里取暖，并舒舒服服地进入梦乡，直到黎明来临，再次召唤他们出去狩猎。

有时，当他们附近没有灌木丛时，他们会在厚厚的积雪中挖洞，睡在最温暖的巢穴里，这是爱斯基摩狗（他们的祖先是狼）仍然记得的技巧。像所有野生动物一样，早在第一片白色雪花开始在空中飞舞之前，他们就会感觉到暴风雪即将来临。当暴风雪来袭时，他们会躺在山洞或岩石裂缝里睡觉，让雪花在他们身上堆得柔软而温暖。不管风暴持续多久，他们都没有在户外活动过；部分原因是他们正享受着舒适的时光；另一部分原因是所有的猎物这时都隐藏了起来，即使是狼也几乎不可能找到他们。狼吃饱了以后，可以连续一周不吃东西，也不会感到非常不舒服。因此，当雪花在狼群周围堆得很深，狂风在大海和群山上肆虐时，狼韦伊塞斯们会紧紧地依偎在一起，相互取暖，丝毫不会理会外面的狂风暴雪。然后，当暴风雪结束时，他们用爪子沿着积雪而上，

第一章　强者——白狼韦伊塞斯

沉默而可怕的死亡守候拉开了序幕

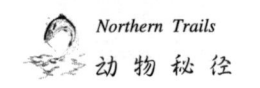

来到了一个崭新而明亮的世界。这时，因长期禁食而胃口大开的猎物已经在每个隐蔽处蠢蠢欲动了。

当三月到来的时候，对树林居民来说是最痛苦的时候，就连狼韦伊塞斯也常常难以谋生。小猎物越来越稀少，而且越来越精明；驯鹿也已经游荡到了很远的地方；狼崽们会为了一只老鼠而挖上几个小时，或者长时间跟踪一只雪鸟，或者非常耐心地等待一只红松鼠停止喋喋不休，从树上跳下来，在雪下寻找他在美好的秋天藏在那里的一个松果。有一次，一只狼崽饥饿难耐，冒着刺骨的严寒，发现一只熊在岩石间的过冬洞穴里睡觉。随着一声刺耳的狩猎叫喊，就像子弹一样在冰冻的荒野上呼啸而过，周围的狼应声聚集了过来。其余的狼都躲了起来，只有狼爸爸小心翼翼地走到跟前，把穆文（熊）从他的洞穴里引了出来，然后跑着引诱那只大畜生来到开阔地带；到了开阔地带以后，狼群就立刻纷纷向他扑去，趁熊仍然睡意蒙眬时，在可怕的搏斗中将他杀死了。

春天猎物匮乏，但捕猎者老托玛仍然在外打猎。狼群经常遇见雪鞋的踪迹，他们或者迅速地跟随着踪迹，或者观察一下踪迹的走向。因为狼就像农场的狗一样，永远不会满足，除非他弄清了都是什么样的生物穿过了自己的领地。沿着宽阔的踪迹走下去，狼韦伊塞斯会发现一

第一章　强者——白狼韦伊塞斯

只被困的动物正咬牙切齿地拼命挣扎，而那边还躺着剥过皮的猞猁或水獭的尸体，还有踪迹的上方悬挂着用绳子吊着的一条狗腿或一块驯鹿肉，下面的雪有扰动过的痕迹，而致命的陷阱就藏在下面。对狼来说，只要远远地瞥上一眼或嗅一嗅气味，他就会知道真相。猞猁不会在没有皮毛的情况下走动，肉也不会自己挂在树上；而狼韦伊塞斯懂得丛林中的所有这些把戏，所以对这些诱饵都视而不见。尽管如此，他还是沿着雪鞋的踪迹前进，直到他知道踪迹下隐藏着些异常的东西；所以不管自己有多饿，不管那位老印第安人多么巧妙地隐藏他的陷阱，也不管新雪将人类活动的所有痕迹覆盖得有多深，狼韦伊塞斯都会从另一边绕过，让自己优雅的双脚远离每一个圈套和陷阱。

有一次，两个一起狩猎的幼崽饥饿不堪，他们在暮色中发现了老托玛，并悄悄地跟着他。老印第安人像树林里的影子一样无声无息地荡来荡去，他肩上扛着枪，背上背着几张兽皮，飞快地向悬崖下的小茅屋走去，而不久前他还依偎在悬崖脚下过夜，就像熊在洞穴里一样舒适。只要远处有人类活动，老狼就会立刻意识到危险；但是，那只右耳尖垂下来的幼崽——他的体格比另一只大，所以就成了领头狼——却抬起头来发出狩猎的吼叫声。第一声吼叫刚从喉咙里发出来，就响起了枪声，接着像热熨斗一样的东西灼伤了狼的身体一侧，随后幼崽们像老猎枪里的烟一样消失得无影无踪。然后，印第安人很快回到了自己的归路，用鹰一般的双眼四处张望，查看他的射击效果。

"哎！没击中，打偏了。"当他在雪地里观察着明显的痕迹时，"天哪！一只，两只狼，嗨，两只小狼崽在跟踪我；肯定会来更多

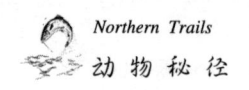

的狼，否则他就不会那样嚎叫了。我最好趁着天黑赶回家。"他小心翼翼地向后退去，躲在一块岩石后面观察着，直到前方的小棚屋消失在漆黑中。

那天晚上，老托玛睡得跟往常一样安稳，所以，他没有看见从树林里偷偷溜出来的五个影子，也没有听到营地周围的轻快脚步声，也没有感觉到他们的喘息，那声音就像云杉顶端的风涡一样轻柔，在他门下的裂缝处呼呼作响，后又飘然而去。第二天早上，他看到了这些痕迹，知道了肯定是狼群；当他按照印第安人的传统方式悄无声息地穿过寂静的树林时，心里琢磨着：老狼为什么总是带着狼崽马尔桑西斯，看一看、嗅一嗅他们以后要避开的任何东西呢？

当实在没有其他猎物可吃时，就不得不捕猎驯鹿，这就是在饥饿的日子里狼遵循的法则；但是，在他们穿过群山，沿着长长的山谷到达遥远的南方山脉之前，又回到了山坡上，也就是踪迹的起点处，开始了一种更刺激、更危险的狩猎。最近，狼群的关系更加紧密了；因为老狼必须经常与饥饿和缺乏经验的幼崽分享哪怕是很小的狐狸或兔子。现在，当饥饿把他们逼到一个可怕的敌人的门前时，只有最聪明的老狼才适合带领大家去冲锋陷阵。

这个小渔村被积雪覆盖得严严实实，几乎空无一人。有几个男性留下来看守船只和房子，但家人都去了内陆的山坡上寻找过冬的木材和住所。到了晚上,狼群会悄悄地来到荒芜的小巷中徘徊;渔民们会披着驯鹿皮和衣睡去,或者坐在用木条封上的门后的火炉旁,却对那些从结霜的窗户前悄无声息滑过的巨大而瘦削的身影一无所知。如果猪圈里落下了一头猪,他会在寂静的夜晚突然发出可怕的尖叫声;当渔民冲出小屋时,猪圈会空空如也,但没有发现任何小猪失踪的线索,因为他们没有受到专业训练,而且狼的足迹都被很多大爱斯基摩狗的足迹遮盖了。如果一只猫在门外徘徊,或者一只不安的狗在抓挠着房门要进屋,只要大喊一声,猫就不会再回来了,而且狗也不会再挠着门想进来了。

只有当村子里悄然无声,猫狗也被悄悄送走,甚至连从房子底下偷偷出来啃鱼骨的老鼠也不见踪影的时候,渔民们才会清楚那些沉默而高大访客的身份。然后,狼会聚集在村外的雪堆上,发出毛骨悚然的嚎叫——饥饿和失望的可怕嚎叫。狗在屋里狂吠着回应。接着,房门开了,先伸出一把上膛的长枪,随后走出一个渔民,接下来窜出来一条愚蠢的狗,他窜到渔民的两腿之间,又蹦蹦跳跳地离开了,唯唯诺诺地向那些庞然大物发起了挑战。沉默中有像剑拔弩张一样的紧张。突然,渔民向那只狗大喊:"回来了,回来了。"并吹起了口哨;而此时那只狗正在雪

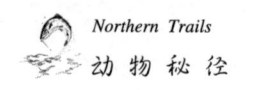

地上被拖行着，而且喉咙也被扼住了，所以无法做出回答；就这样，渔民在那里徒劳地等待着、呼唤着、颤抖着，然后又回到火炉旁。

几乎在每一个天气宜人的日子里，狗们都会拉着雪橇离开村子，到远处的山上去拉捕鱼用的木料；而狼群会在自己的老巢里观察着，他们会远远地追上一只漫不经心的狗——这只狗的挽具被取下后，他冒险离开了火堆去猎捕兔子了。偶尔，当一个巨大的白色身影滑入视线时，形单影只的砍柴人会突然惊恐万分，接踵而来的是真正的恐惧，因为他发现自己被五只巨大的狼包围了，狼们坐在尾巴上好奇地盯着他。于是，他紧握斧头，急忙回去召唤他的同伴，给狗套上挽具，赶在天黑之前回到村子里。当狗拉着雪橇在雪地上飞奔时，他们吼叫着，拼命地拉着挽具，而旁边的男性们则边跑边喊着"嗨——嗨"，边挥舞着鞭子，而且他们回头仍然可以看到，狼群紧跟在后面；但当他们气喘吁吁地冲进房子，抓起猎枪，跑回去时，就什么也看不见了。因为狼群感觉到了危险的来临，所以沿着那天早上从荒野上滑下来的另一条雪橇踪迹，向冰冷而狭长的港湾疾驰而上，已经到了很远的地方。

当天晚上，狼群无声无息地出现在远处东南小溪上游的小屋里，那正是渔民们的家人在山坡上安睡过冬的庇护所。他们在那里守候了一个漫长的夜晚，但一无所获；因为插有门闩的棚屋里

第一章　强者——白狼韦伊塞斯

每一个生物都是安全的。早晨,小诺埃尔两眼放光,原来他发现了狼群的踪迹;当狼群再次回来的时候,棚屋里就有人开始注视着他们。当那只右耳尖垂下的幼崽追赶一只猫时,一扇窗户悄无声息地打开了,嚄!离弦之箭发出了尖锐的警告,打破了寂静。狼大叫一声,把箭从肩上扯了下来。热气腾腾的鲜血顺着箭头的倒钩流了下来,而狼却饥肠辘辘地舔食着。然后,当危险即将临头时,受伤的狼尖叫着跑开了。门被嘭嘭嘭地撞开了,狗扯着喉咙吠叫着,枪声呼啸而出,在山间发出雷鸣般的沉重回响。小屋里又恢复了平静,几只受惊的狗靠鼻子已经知道了发生的一切,几个渔民还在观察和倾听。还有一个印第安男孩,手里拿着一把已经搭好箭的长弓,带着一个小女孩,在微弱的月光下,在雪地上到处寻找那只流血的狼的踪迹。

在远处山坡上树林里的一个小开口处,四分五散的狼群又聚在了一起。起初的喧闹对喜欢安静的动物来说非常难以忍受,所以他们从五个不同的方向又消失了;然而,狼的本能那么敏锐,那么准确,它将一个狼家族维系在一起,所以当狼妈妈刚独自走到林间空地上坐下来等待和倾听的时候,其他狼就会悄无声息地加入她的行列。体形大一点的幼崽马尔桑西斯,刚开始几乎没有感觉到自己的伤口,因为箭只穿过了厚厚的毛皮,所以他毫不费力地把箭拔了出来;但是,当狼爸爸在雪地上昂首阔步地前进时,一条前腿被猎枪射穿了,所以,此时他正翘着

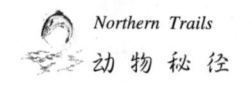

那条受伤的前腿,痛苦地一瘸一拐地前行着。

这是他们第一次与人类打交道,也许每个毛茸茸的脑袋里都在揣摩这一切的来龙去脉。到目前为止,他们一直怀着某种敬畏之情避开人类,或者只是在远处好奇地看着他们,试图了解他们优越的生活方式;而且,狼从未对树林主人有过冒犯之心。现在人类终于发声了,那声音是一种残酷的命令——让狼群离开。奇怪的是,这些强大的猛兽中的任何一只都可以比驯鹿更容易地把一个人扑倒,但他们却从未想过要质疑那个命令。

显然,是时候跟踪驯鹿了,这可能是唯一明确的目标——月光下,周围只有厚厚的积雪和空旷的树林,狼群静静地坐在那里左思右想,才有了这个念头。他们已经连续一个星期都没有进食了;如果再连续有三天吃不饱的话,他们就无法对付大驯鹿了;但是,对于大驯鹿来说,因为荒原上有大量的鹿苔,所以他们总能吃饱喝足,身强体壮。于是,狼群又一起出发了,狼妈妈队飞快地向南部移动,不知疲倦地走了一个小时又一个小时,直到狼爸爸疲惫不堪,走到旁边去护理受伤的前腿。同时,那只右耳尖垂下的幼崽也停了下来,他的伤口现在需要用舌头轻轻舔舐着退烧;此外,在很久以前的一个晚上,他感到了一种恐惧,自此以后一直尘封了起来,但现在那种恐惧又苏醒了过来,那就是他第一次对独自面对饥饿和荒野感到了恐惧。狼群继续前进,仿佛他们的脚步永远不

第一章　强者——白狼韦伊塞斯

知疲倦；而两只受伤的狼则爬进了灌木丛，一起躺了下来。

一种奇怪而可怕的感觉迅速笼罩了这个迄今为止一直适合安静休息的隐蔽处。幼崽正轻轻地舔舐着伤口，突然他惊愕地抬起头来，发现狼爸爸正看着他，绿色的眼睛里闪着可怕的光芒。幼崽吃惊地走开了，想要再次舔舐伤口；但是那种奇怪的感觉仍然强烈地笼罩着他，当他转过头时，发现高大的狼爸爸正悄悄地向前爬，一直爬到能看到待在一棵弯曲的云杉树根后面的自己，而且狼爸爸依然像刚才那样，用那种可怕的目光一眨不眨地盯着自己的地方。幼崽的脖子上的毛发直竖，从深沉的胸膛里发出隆隆的咆哮声，因为他现在知道这一切意味着什么。空气中弥漫着血腥味，那只曾经为了拯救幼崽而经常跟自己分享猎物的狼爸爸，现在却在极度饥饿中失去了理智。又过一会儿，灌木丛中就可能出现一场可怕的决斗；但当两只狼跳起来，面对对方时，某种深沉而莫名的感觉在他们心中激荡，于是他们转身离开了。老狼重重地扑倒在地上，避开了小狼崽的诱惑；而小狼崽则溜到一边去寻找另一个巢穴，避开这个巨大的头领的视线和气味，唯恐血的气味再次让他们失去理智，使他们在无法控制的愤怒中扑向对方的喉咙。

第二天早上，一件奇怪的事情发生了，但狼和爱斯基摩狗对此已经习以为常了。有什么东西在附近动了起来，狼崽一动不动地待在那里，头枕在爪子上，眼睛睁得大大的。一只红松鼠正蹦蹦跳跳地穿过积雪覆盖的树丛里的树枝。狼崽不紧不慢、小心翼翼地站起身，紧张得像一根拉紧的弓弦。当松鼠飞过头顶时，狼崽就像闪电一样跳了起来，一把抓住了他。然后，他叼着松鼠，

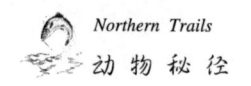

回到了大首领（狼爸爸）躺着的地方，这时，他头枕在爪子上，眼睛转向了一边。狼崽友好地摆着头摇着耳，小心翼翼地慢慢靠近狼爸爸，直到把松鼠放在他的鼻子旁，然后退后一步，伸出爪子躺在地上，用尾巴拍打着树叶，看着那个小东西被贪婪地抓住、撕碎、狼吞虎咽地吞下肚。然后，两只狼都跳了起来，一起走出了灌木丛。

他们沿着狼群留下的足迹走了十个小时——幼崽快步小跑着，而狼爸爸用三条腿蹒跚而行。他们休息了一下，再往前走，但是速度越来越慢，日复一日，体力也越来越弱了，直到他们仿佛被击中了一样，停在一片广袤的荒原边缘；但当猎物的臭味涌入他们饥饿的鼻孔时，他们又开始精神抖擞起来。

但此时他们太虚弱了，已经无法捕杀或跟踪驯鹿队伍了，所以只好躺在雪地里等待着。他们竖起耳朵，用鼻子捕捉着每一缕微风带来的好消息。这次的旅程必须到此为止了，因为他们再也走不动了；但是，在他们前方那片寂静的荒原上，其他幼崽正在艰难地前行，而在狼崽远处的某个地方，狼妈妈正在埋伏。嗷！从狼崽左边远处山谷的一条岔路上，传来了猎物的叫声，在森林和平原上的寒冷空气中回响着；接着，狼妈妈急忙赶回之前的踪迹处，告诉那些掉队的幼崽，他们没有被遗忘。狼妈妈和幼崽们像被电击一样跳了起来，朝着叫声狂奔而去。此时，他们不再饥饿难耐，雪地里的一头驯鹿幼崽拯救了他们。

　　漫长而艰难的冬天就这样过去了，春天又来了。松鸡在树林里鸣叫庆贺；大雁的叫声在空中欢快地铿锵作响；每一个开阔的水塘里，野鸭在嘎嘎作响。现在，狼群没有必要像影子一样出没在驯鹿群周围，也没有必要跟他们捆绑在一起。维系他们的纽带就像阳光下山谷里的雪一样消融而去。先是老狼，然后是小狼，他们陆陆续续地去寻找猎物或者新的伙伴了。夏天来临时，高山上还有一个可以俯瞰海湾的巢穴：在那里，棕色的幼崽们可以惊奇地俯瞰着波光粼粼的大海、缓行的渔船和在岸边玩耍的孩子们；但是，狼的踪迹来自遥远的山峦之上，他们沿着自己的踪迹，等待着清脆的狩猎召唤，这样他们才能再次重逢。

雪地之踪

　　"我们迷路了吗，哥哥？"穆卡浑身颤抖着问道。毫无疑问，当一个在茫茫无边的荒原上迷路的孩子说出这句话时，她是多么震惊和害怕；因为一股大风从北极呼啸而下，卷起的雪雾遮住了平原、高山和森林，而就在片刻之前，小猎人的眼前还是那么开

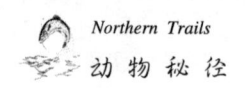

阔和静谧。

他们像受惊的鹿一样奔跑了一个多小时，试图沿着自己雪鞋的踪迹穿过无垠的荒原，回到和蔼可亲的树林；但是雪已经覆盖了树林的边缘，长长的雪鞋留下的任何蛛丝马迹，都被狂风卷起，兴奋地嚎叫着呼啸而去。当他们奔跑的时候，前方任何一条狼、驯鹿、雪鞋的足迹，以及每一个遥远的地标，都消失得无影无踪；整个世界只是一片混乱，到处都是疯狂翻滚的雪雾。再回头一看，他们顽强的小心脏颤抖不已，因为他们没有看到自己刚才留下的足迹——他们全速前进留下的小足迹连同广阔的世界，都被一扫而空。他们像两只在雪雾中睁不开眼的麻雀一样，在茫茫的平原上茫然不知所措；他们蜷缩在一起，找不到任何善意的迹象告诉自己来自何方，将去往何处。

尽管如此，他们还是顶着猛烈的狂风，勇敢地向前跑去，直到穆卡第二次绊倒在一个小坑洼里，那个坑洼里面有一股溪流向下流淌到积雪的深处；这时，他们才恍然大悟，原来他们只是在不停地绕圈子。穆卡便抓住诺埃尔的胳膊，又重复了一遍她的问题：

"我们迷路了吗，哥哥？"

虽然诺埃尔茫然不知所措，但他戴着皮手套的手紧握着弓，像一个老猎人一样，在飞舞的雪花和翻滚的狂风中四处张望；他想锁定某个地标——在动荡不安的世界中仍然屹立不动的某个高耸的峭壁或低矮的树丛。诺埃尔依然自信地回答说：

"诺埃尔没有迷路，诺埃尔走的方向是对的。是棚屋不见了，妹妹。"

"我们能找到它吗，哥哥？"

"哦，当然能找到了，暴风雪过后，我们肯定能找到它。"

"但暴风雪会不会下一夜啊？因为天很快就黑了。如果我们休息一下，会不会被冻僵啊？哥哥，穆卡走不动了，好害怕啊。"

诺埃尔坚定地说："可以休息一下，我们盖一个棚屋，像洞穴里的熊一样睡上一觉。嗯，我们一定要好好休息一下。"

"哥哥，狼来了怎么办？"穆卡胆怯地回头望着身后的荒野，低声问道。

"妹妹，不用担心，狼不会在暴风雪中出来觅食。快点，我们现在必须找到我们的树林。"

小猎人诺埃尔仰着脸站了一会儿，穆卡则默默地低着头，而暴风雪依然肆无忌惮地席卷着他们。他向天空伸出双手托着长长的弓，发出无声的呼唤，希望我们称之为上天的伟大神灵——基索洛克比[①]能够保佑他们。然后，他们转过身背对着狂风，像两片被吹下的树叶一样，迅速随风往前跑去。他们不停地奔跑着，以防被冻僵；而且他们紧紧地握着对方的手，以免分开，在途中迷路。

又一个冬天来临了，把这片阴暗的土地封印了起来，直到触

---

① 印第安人信奉的神灵。

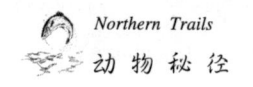

碰时发出铁一样的响声，然后在上面覆盖上厚厚的积雪，再用北极狂风吹来的白霜和冰雹擦亮它那张不动声色、面如死灰的脸庞。平原和群山上寂静一片，让人胆战心惊。没有一声唧唧声，也没有一声沙沙声打破这浓重而异常的寂静。有人在一天的旅途中，既没看见过生命的身影，也没听见过生命发出的声音；当黄昏初至，树林居民从隐蔽处和雪洞中羞怯地走出来时，就像面对死神一般，蹑手蹑脚、犹豫不决地走进了这片荒芜的白色世界。

当饥荒来临时，寂静被粗暴地打破了。一天清晨，在天亮之前，山林异常静谧，气氛尤为紧张，甚至一声低语都可以像银铃一样叮当作响；突然，狼群的呐喊声从山顶上滚滚而来，等了很久的三只幼崽，离开了各自的踪迹，匆忙加入了老首领的行列。

那天早晨，当太阳升起时，如果有人站在远处威尔港以东的高耸山脊上，就会看到七条踪迹蜿蜒在岩石和灌木丛之间。只需看一眼就能看出，这七条踪迹都像游荡的狐狸的足迹一样清晰而微妙，它们正是狼群小心翼翼的脚步留下的痕迹。狼群放弃了灌木丛中的松鸡和兔子，一起迅速地向驯鹿群觅食的广阔荒原边缘移动。再看一眼，我们肯定会看到老托玛那双狡猾的眼睛，他会告诉我们，其中两条踪迹是两只领头的老狼留下的，还有两条显然是狼崽留下的，而且他们还没有忘记在松软的雪中嬉戏；而另外三条踪迹则是

第一章 强者——白狼韦伊塞斯

其他狼留下的,他们肯定体形高大威猛,行动起来就像踩在钢丝弹簧上一样。狼崽们仍然固守着以前的狼群,因为他们还没有到最后分道扬镳、在大荒原上建立自己的新群落的时候。

从荒野另一边的树林里走出来两条雪鞋的踪迹,步履很短且轻盈地落在雪地上,仿佛踪迹的主人是小孩子,因为他们雪鞋上承载的重量还没有兔子莫克塔奎斯的宽垫子在雪地上留下的痕迹深。他们悄悄地追踪着几十只驯鹿的蜿蜒踪迹,这些驯鹿就像旋风一样在荒原上四处游荡,停下来在雪地上挖个大洞,寻找覆盖在下面的驯鹿苔藓。在远处踪迹的尽头,两个印第安孩子,一个女孩和一个男孩,蹑手蹑脚地移动着;他们扫视着广阔的荒野,寻找着一团雾气——盘旋在驯鹿群上方的冰冻气息,或者敏锐地凝视着树林的边缘,寻找在树木间像影子一样晃来晃去、模模糊糊的白色身影。他们飞速地向前移动,谁也不说话,直到那个男孩惊呼一声停了下来,抽出一支带钢刺尖头的长箭,搭在他的弓上,因为在他的脚下还有另一条轻盈的足迹,那是狼群的足迹,与他自己的足迹正好相交,径直而迅速地穿过荒原,向看不见的驯鹿群前进。

当男孩停下来的时候,就在前方,一个轻微的活动打破了那均匀、无声无息向四面八方伸展开来的白色表面;那个响动非常微弱又非常自然,所以当诺埃尔用敏锐的眼睛扫过平原和远处树林的边缘时,却未曾注意到它。一股飘忽不定的风,仿佛迷路似的整个上午都在徘徊、呻吟,似乎在搅动着雪,此时又停了下来。但是现在,在平原上似乎最空旷、最荒凉的地方,七只大白狼蹲在雪地里的一个坑洼里,把爪子伸了出来,后腿像有力的弹簧一样弯曲在身下,脑袋小心翼翼地抬起来,只有耳朵和眼睛露在他们藏身的小坑洼的边缘以上。他们用热切而好奇的眼睛看着两个孩子慢慢地靠近,他俩是整片广阔而荒凉的风景中唯一的生命迹象,所以狼群忐忑不安地待在那里,警惕着他们的举动,准备伺机而动。

在狼群等待期间,如果沿着雪鞋的痕迹往回走,你就会穿过巨大的荒原,进入阴暗的云杉林;而且,还会穿过另外两片荒原和一片森林,爬上一座大山,下到一个深埋在纽芬兰岛山脚下的山谷里,而小木屋就藏在那里。

渔民们就在这里度过严寒的冬天。深秋时,他们就像野鸭一样被席卷整个海岸的狂风驱赶着离开了威尔港的渔村。他们带着众多的家人和有限的食物,沿着西南部小溪旁的小路向上而行,绕着山转一圈,然后来到一片四周有群山环绕的寂静的大树林。这里的棚屋是双层墙结构,中间填充着树叶和苔藓,这样会让勇敢地与严寒搏斗的小炉子更加暖和;而且,屋顶上覆盖着树枝、树皮或者棕色的帆，而这些帆曾经在狂风中带动着渔船进进出出。西面的高山为他们阻挡了从拉布拉多群岛和北极荒原的海面上吹来的寒风；他们的家门口堆满了木材，整天在冰雪桥下歌唱的鳟鱼小溪随时准备将他们的水壶灌满。

因此，新的生活愉快地拉开了序幕，但随着冬天的来临，粮食也越来越少，隐蔽处的猎物也消失不见了，渔民们开始为饥荒而感到惶恐不安。近来，每天早晨，雪地里都会出现一圈混乱的痕迹，从这些痕迹能看出那些森林里的野生游荡者来自何方，而且他们曾饥肠辘辘地嗅过棚屋的门。诺埃尔的父亲和老托玛正在远处的树林里布置陷阱；当干鱼吃完时，诺埃尔带着他的罗网和弓箭，兴高采烈地为家人去抓鱼了。在这个三月的早晨，他和穆卡在天亮时就开始穿山越岭，前往一处大荒地，在那里他发现了一些足迹，知道有几群驯鹿仍在觅食。太阳升起来了，但光线十分暗淡，这无声地预示着即将到来的暴风雪；但是家里的食物柜已经空空如也，即使是小猎人也知道首先要解决的事情，因此将暴风雪置之不顾。于是，诺埃尔拿着弓和箭，穆卡拿着一个装着一条面包和几条干毛鳞鱼的小袋子，奋不顾身地出发了。他们在每一堆灌木丛下仔细地寻找着兔子闪闪发光的眼睛，在一个光秃秃的大山坡上的大石头中间捡起一只大松鸡和几只雷鸟。此外，在高大山脊之下的大荒原边缘，他们发现了驯鹿刚刚进食时留下的痕迹，但当他们匆匆忙忙地追赶时，却发现了狼群的踪迹。

现在，按照狩猎的规则，猎物属于最先到来的猎人；虽然狼群已经精疲力竭、饥肠辘辘，但他们体内的每一丝力量仍然想拥有猎物，这可以从他们留下的踪迹中看出这一点。狼群每一次在

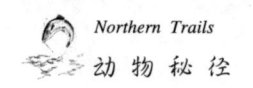

开阔地带排成一列纵队悄悄前进时,都会清楚地显示出他们的意图;每一次在山谷间快速冲刺时,都可能使他们躲开远处树林里观望的眼睛。如果诺埃尔明智一点的话,他会从雪地里发现警告,然后转身离去;但他却拔出了最长、最锋利的箭,比以前更加迫切地向前冲去。

最终,这两条踪迹相交在一起。刚开始。这两条踪迹仅在咫尺,各走各的路——一个在山上,一个在海边;在欢快而明亮的夏天里,它们就渐行渐远了。现在,它们又相聚在冬夜的月光下。有时,这些踪迹的主人们会在远处悄无声息、战战兢兢、饶有兴趣地相互注视着对方;但是,恐惧或狡猾总会让他们各奔东西;对捕猎有浓厚兴趣的男孩因为野兽的谨慎而感到迷惑不解、兴致勃勃;而狼则受到一种微妙本能的驱使,这种本能曾让平原上野外护林员的猎狗和牧羊犬开心不已,而且也让狼好奇地去跟踪和观察人类的行为。现在,两条踪迹在雪地里邂逅了,而且再往前走几步的话,男孩和狼就会面对面相遇了。

诺埃尔小心翼翼地走着,他的箭已经搭在弓弦上准备好了。他身边的穆卡正在观察着一团薄雾——那是一股驯鹿的气息,那团薄雾时而会模糊了远处黑暗的树林轮廓;这时,一个降临在遥远北方猎人身上的神秘警告,突然像一只沉重的手一样落在他们身上。

我不知道它是什么,也不知道我们能够承受的多低的气压,就像

第一章　强者——白狼韦伊塞斯

气压计一样；或者，我们内心隐藏着怎样未知的共鸣，在社会中沉睡了多年后，像动物一样又被唤醒并回应着大自然的微妙影响；但当一只看不见的野生动物注视着你时，你却永远无法确切地感觉到。从来没有人这么热衷于追踪这样的踪迹，以至于在暴风雨来临之前，听到警报都没有返回避难所。诺埃尔和穆卡独自走在荒原上，在他们看来，太阳并没有比以前更加暗淡；沉重的灰色云层仍然笼罩在地平线上，无论多么敏锐的眼睛，都不会注意到狼群所在的、进行观望的小坑洼的边缘上，有些居中发光的小黑点。突然，他们俩感到一阵寒意，于是停住了脚步，微微颤抖着靠得更近了，敏锐地扫视着荒原，想知道接下来会发生什么事情。

"暴风雪来了，暴风雪来了！"诺埃尔尖叫着，接着，他们一句话也没说就转身匆匆地回到了自己的踪迹上。在短短半小时内，整个世界将被吞没在混乱之中。如果被困在荒原上，注定要迷路；一旦在这里迷路，在没有火也没有庇护所的情况下，死亡肯定很快就会来临。他们继续奔跑，希望在暴风雪来临之前冲进树林。

他们几乎快走到庇护所的半途时，白色的雪花就开始在他们周围飘舞。熟悉的世界以惊人的速度消失不见了，且指引方向的踪迹也被遮住了，只有狼的本能才能在狂风暴雪中保持直线前行。尽管如此，他们仍然勇敢地坚持着，试图在旋风中保持着自己的方向，但徒劳无功，直到穆卡在一条隐蔽的小溪上的同一个坑洼处绊倒了两次，他们才知道自己在绕着一个死亡圈子盲目地奔跑；他们被这一发现吓得胆战心

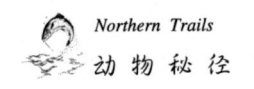

惊，像驯鹿一样转过身来，背着风，慢慢地沿着漫长的荒野随风而去。

他们手拉着手挣扎着前进了一个小时又一个小时，不知道要往哪里去。有两次，穆卡摔倒了，躺在地上一动不动，但她又被拖了起来，急忙朝前走去。随着一声低沉的呻吟，狂风又嚎叫起来，这时，小猎人们几乎筋疲力尽了。那是云杉树林，它们在狂风中弯曲下树梢，正痛苦地呻吟着。诺埃尔大喊一声，向前冲去，到了树林后他们立刻就安全了。在他们周围，雪花平稳地飘落下来，悄无声息地飘进厚厚的树林里，而狂风在他们上方呼啸而过。

在一棵低矮的云杉树下的背风处，他们出人意料地同时停了下来，诺埃尔举起了双手，勇敢的小心脏在举起的胳膊下、在伸开的双臂下祈祷着："谢谢，谢谢，基索洛克比，我们现在安全了。"然后，他们跌倒在雪地上，像两只疲惫不堪的动物一样，在与暴风雪和严寒进行了可怕的搏斗之后，完全放松地躺了下来，进行了短暂而愉快的休息。

首先，他们吃了一点面包和干鱼以保持体力；随后，因为暴风雪可能会持续好几天，所以他们开始建造一个庇护所。他们一边搜寻，一边互相呼喊着以免迷路，结果发现了一根大的干树枝，可能是大风从雪地上

第一章　强者——白狼韦伊塞斯

方几英尺的地方刮下来的。当穆卡四处跑着收集桦树皮和干树枝时，诺埃尔脱下他的雪鞋，开始用其中一只雪鞋铲掉树桩底部周围半圆形范围内的雪。不到半小时，他就在那里挖了一个深坑，周围的积雪堆积到了他头顶的高度。接着，他用刀砍下许多轻树杆和低矮的云杉，并把粗大的一端插进了雪堤里，把树梢像木棍一样牢牢地贴在大树桩上。然后，他把几抱云杉树枝覆盖在屋顶上，又在几分钟之内把厚厚的积雪盖在树枝上，以便把树枝固定住，这样就可以保暖了；接着，又建造了一个出入口，或者更确切地说是一条狭窄的隧道，就在半圆的直角一侧的树桩后面。就这样，他们的棚屋就盖好了。任凭狂风咆哮、暴雪飘落吧！因为雪落得越厚，他们的棚屋里就越温暖。他们一边笑着，一边喊着，一边匆匆地进进出出，将树枝带回来做床，而且穆卡还收集了一些木柴。

他们在枯枝的底部生起了火，像印第安人生起的那种微弱而温馨的小火，但是这堆小火比大火好得多，因为它能吸引你靠近，并欣然接受你，而不是用浓烟和炙热将你赶走。很快，那根大木桩就开始燃烧起来，舒适的小棚屋里立刻暖意洋洋，而烟雾则从诺埃尔在屋顶上留出的洞口冒了出来。后来，这根树桩被烧

穿了它的中间部分,形成了空心,这样他们就有了一个有用的烟囱;空心处很快就发着光、散着热,让孩子们感到更加舒适。

此时的诺埃尔和穆卡昏昏欲睡;但是在漫漫长夜降临之前,他们又收集了一些木柴,而且把一些白桦树的树皮放在一旁备用,以防他们醒来时会冷得浑身颤抖,因为他们生起的小火熄灭后,大木桩也会失去欢快的光辉。随后,他们躺下休息了,任凭夜幕和暴风雪的悄然而至。

快到天亮的时候,他们还在睡梦中酣睡;因为随着风向的变化,大木桩开始尽情地燃烧起来,所以他们不需要每半小时起来一次给小火添加木柴,以防自己被冻僵。天亮了,暴风雪已经停了,一只啄木鸟正在他们头顶上的一个空壳上大声地敲打着,这时他们醒了过来,睡眼蒙眬地想知道自己在何处。诺埃尔冲出那间完全埋在雪地里的棚屋,去确认他们所在的位置,而穆卡重新燃起了火,剥去了一只雷鸟的皮毛,连同最后一块面包放在炭火上烤了起来。

诺埃尔很快就回来了,他欢呼着告诉小厨师,他们在暴风雪前已经横穿了整个大荒原,现在就在对面的最高山脊下安营扎寨了。他还告诉她,荒原上没有发现任何踪迹,也没有狼或驯鹿的

第一章　强者——白狼韦伊塞斯

痕迹，他们可能已经游荡到森林深处寻求庇护了。他们把面包吃得一干二净，把鸟也吃得连骨头也没剩。此时，他们放弃了打猎的念头，开始沿着大荒原前进，向远处那所因为迷路而没有找到的小木屋走去。

他们穿过了荒原和一英里的茂密树林，这时他们遇到了十几头驯鹿刚留下的踪迹，沿着这个踪迹，他们迅速来到了昨天穿过的一片较小的荒原边缘，一眼就看到了驯鹿的踪迹径直从中穿过；但没有看到驯鹿的身影，他们可能仍在觅食，或在远处的树林里休息；如果小猎手们现在暴露了自己，就意味着他们会立即成为正在背后观察踪迹的每一双敏锐的眼睛的目标，因此，他们开始小心翼翼地沿着树林的边缘，围着这片荒原绕了一圈，这样才能不被发现。

他们走出还不到一百步远的距离，诺埃尔突然射出一支长箭，然后不声不响地指着一块开阔地。驯鹿从另一边的树林里七零八落地冲到云杉下，沿着他们的老路小跑着回来了，而且顺着风向直奔小猎人的藏身之处。

驯鹿群的行为很奇怪，他们时而像受惊时那样高高而笨拙地跃起，突然往前冲去；时而他们摆动着飞快而不知疲倦的身躯，但还没等站稳脚跟，又突然停住了脚步，回过头来对着踪迹摇着耳朵。因为驯鹿梅嘉丽普就像野生火鸡一样好奇心满满，他总是会停下脚步，从每一件不足以让自己立即毙命的新事物中找点乐子。五只白狼从他们身后的树林里跑了出来，当然，他们并不是出来觅食，因为每当驯鹿停下来观察狼的时候，狼就会坐在尾巴上打哈欠。有一只狼躺在松软的雪地里，滚来滚去；另一只狼追

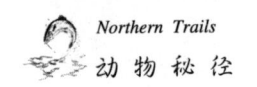

逐着自己的尾巴,像一阵小旋风一样转来转去,而且荒原上隐约传来小狼玩耍时尖锐的叽叽声。

这种场景非常奇怪,但在遥远的北部荒原上,人们经常可以看到:驯鹿停下来,又逃跑了,然后又停下来,回过头观察天敌们奇怪而滑稽的行为——此刻看来狼崽们那么调皮可爱、天真无害;狡猾的狼是在利用猎物的好奇心,因为他们非常清楚,如果驯鹿一旦受到惊吓,就会飞快地逃跑,那么根本没有追上的可能性。因此,他们是要跟踪而不是驱赶这只愚蠢的驯鹿穿过荒原,同时努力克制着自己可怕的饥饿感和冲上前去抓住驯鹿的盲目冲动,最后用猴子的把戏和猫的手段才能将驯鹿抓住。

诺埃尔跪在一棵大云杉后面,紧张地试着长弓的弹性和韧性,同时心里盘算着要不要捕杀那头驯鹿,因为家里非常需要驯鹿,但是如果能捕杀一只大狼的话,那么他就会成为一名强大的猎人。这时,穆卡紧紧地抓住他的胳膊,两眼闪动着兴奋的光芒,而且手指不声不响地指着他们自己的踪迹。只见一个模糊的影子在树丛中迅速掠过,那是一只巨大的白狼,突然他就消失不见了,然后又向他们走近,蹲在一根低矮的云杉树枝下观望着。

两条踪迹又在雪地里相遇了。那只大白狼刚出现,就把鼻子伸进了雪鞋留下的脚印里,嗅上一两下后,他就会明白一切:多久以前,谁经过了这里,他们在这里做了什么,以及现在他们在前面多远的地方观望着。但是在狼崽和狼妈妈的奇妙诱导下,驯鹿群正

第一章 强者——白狼韦伊塞斯

向这边走来。那只沉默的大白狼留下狼崽和狼妈妈去玩弄猎物,而自己以最快的速度绕过荒原;此刻,他开始着手处理手头的事情,丝毫不担心自己昨天观察过的这两个孩子会给他们造成什么伤害。

但是,诺埃尔却不是这么想的。他眼里的怒火在熊熊燃烧,一支带羽毛的箭杆紧贴着他的脸颊,向狼挥舞着像金属弹簧一样弯曲的长弓。穆卡抓住了他的胳膊——

"看,诺埃尔,他的耳朵!马尔桑西斯,我的小狼崽。"她兴奋地低声说着。诺埃尔的眼睛里充满了惊愕,他松开了弓,他的思绪跳到了远处踪迹起点的山间洞穴里,跳到了三只像小猫咪一样与蚱蜢和云影嬉戏的狼崽那里;而狼妈妈静静地躺在他们的身边,一只耳朵使劲向前倾斜,就像一片在手指之间折起来的叶子,而眼睛却一直盯着即将到来的驯鹿。

穆卡再次低声打破了紧张的沉默:"哥哥,你昨天发现了多少条狼的足迹?"

"七条。"诺埃尔回答说,他的眼睛已经像老托玛的一样敏锐,能够看懂一切了。

"那么还有一只狼在哪里?这里只有六只。"穆卡低声问道,同时提心吊胆地环顾四周,生怕发现每一片灌木丛的阴影中都有绿色的眼睛盯着他们。

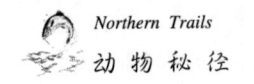

诺埃尔内心非常忐忑不安。在近在咫尺的某个地方，另一只巨狼可能正在观望着；在兴奋之余，他差点把整个残忍的狼群吸引过来，想到这，他就感到一种后怕，浑身颤抖。

一声惊呼打断了他的思绪。在不到二十英尺远的树林边缘上，站着一头驯鹿，他的耳朵朝向那两个当他奔跑时差点撞倒的孩子，而孩子们却一心想着后面的狼。长长的弓向后一拉，一支箭像黄蜂一样嗡嗡作响，深深地插进白色的胸膛里。当公鹿转身逃跑时，第二支箭像闪电一样紧随其后，接着驯鹿跳了一两下就跪倒在地，似乎要在雪地里休息一会儿。

穆卡几乎没有看到发生的一切。她的眼睛紧紧盯着那只大白狼，当他还是一只蹒跚学步的幼狼时，她就将他据为己有了。那只狼一动不动地躺在一根弯曲的云杉树梢下，而他的目光追随着一只年轻公鹿的一举一动。这头驯鹿是三只狼从鹿群中挑选出来的，现在他肯定径直向狼的藏身处走去。

被击倒的动物的呼噜声和扑通声把这只年轻的公鹿吓了一跳，于是他转身离开了脚下的踪迹。穆卡正在观看的大灰狼像影子一样改变了位置，以便在捕猎中打头阵，而空旷荒地上的两只狼则悄悄地围着驯鹿绕来绕去，让他再次回到树林里。公鹿在树林边缘停了下来，先是把耳朵朝向被诺埃尔射中的驯鹿（正一动不动地躺在雪地里），看了他最后一眼，然后把耳朵朝向狼群；狼群凭直觉很快就把那头鹿从鹿群中孤立出来，而且知道有人用某种微妙的方式在远处盯着他，于是围着他转了一圈，随后坐在尾巴上打哈欠。穆卡的狼不紧不慢、悄无声息地向前爬行，拖着巨大的身躯在雪地里移动。突然，大白狼猛冲向前在公鹿前腿后面

第一章　强者——白狼韦伊塞斯

大白狼在公鹿的心脏位置快速咬了下去

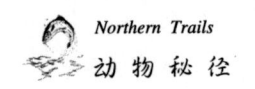

的胸膛处（公鹿心脏的位置）快速地咬了一口；之后，大白狼跳到一边，又安静地坐下来观望着。

战斗将很快结束。那头公鹿振作起来，向外冲去，但逐渐摇摇晃晃地放慢了脚步，开始快步往前走了；大白狼在远处悄悄地跟在他的身后，贪婪地舔舐着踪迹上深红色的血迹，但同时极力地克制着自己，不让自己往前冲，以免把猎物赶跑，因为如果追得太紧了，猎物可能会跑出数英里。公鹿跪了下来，并发出一阵尖厉的叫声，就像手枪穿过寂静的树林一样响亮；狼群像旋风一样滚滚而来，一切就这样结束了。

小猎人们在踪迹上匍匐着来到一片低矮的云杉下，蜷缩在那里看着狼群享用盛宴。诺埃尔手里的弓已经准备好，但好在看到这些身强体壮的猛兽时，他惊得目瞪口呆，完全打消了猎捕的念头。最后，穆卡拉住他的袖子，默默地指着回家的方向。到了该离开的时候了，因为最大的狼已经在伸着懒腰，舔着爪子，而两个吃饱喝足的小狼崽也在雪地里滚来滚去，嬉戏着啃咬着对方。他们悄悄地溜走了，只是停下来把一块破布绑在一根尖尖的棍子上，然后插在自己射中的驯鹿的肋骨之间，以引起狼的注意，防止他们撕咬自己的猎物；而小猎人们则匆匆忙忙地回去召唤大人们带着猎枪，让狗拉上雪橇回去拉猎物。

他们几乎快要穿过第二片荒原时，穆卡从树林边缘不安地转过头，看到一只大灰狼穿过荒地，迅速地跟踪着他们的足迹。他们被这情景吓了一跳，迅速转身就跑；因为当猎人第一次发现自己成为猎杀的目标时，那种可怕的感觉就会席卷而来，紧紧地抓住他们的小心脏，并且将他们所有的信心击得粉碎。他们突然惊慌失措,向树林冲去;他们并肩奔跑着,最后冲进了环绕着这片荒原的常青树的边缘;他们气喘吁吁地倒在一棵低矮的杉树下,转过身去观察。

"哥哥,不能跑了。"穆卡低声说。"为什么不能跑?"诺埃尔问道。"因为如果狼韦伊塞斯看到了,他会觉得我们害怕他。"

"但我当时太害怕了,妹妹,"诺埃尔勇敢地承认着,"在这里我们可以爬上树,而且很有可能我会用弓箭射中他们。"两个孩子像两只受惊的兔子一样蜷缩在冷杉下,瞪着急切的圆眼睛回头望着踪迹;他们害怕看到那些野兽从树林里跑出来,在他们后面嚎叫。但只出现了一只大白狼,他悄悄地跟着他们的脚步小跑着。在弓箭射程之内,大白狼抬着头停了下来,仔细地看着、倾听着,他仿佛发现了孩子们的藏身之处,于是转到了一边,向左绕了一大圈,接着进入了远处的树林中。

两个小猎手又一次匆匆地穿过鸦雀无声、白雪覆盖的树林,但一种奇怪的不安笼罩着他们,因为他们感觉自己被看不见的脚步跟踪了。很快,这种感觉越来越强烈,让人无法抗拒。诺埃尔感觉一股奇怪的寒意像冷水一样顺着脊柱流下,于是他准备好了弓箭躲在一棵树后,看着后面的踪迹;这时穆卡低叹一声，诺埃尔转过了身。在他们身后不到十步远的地方，一只巨大的白狼静静地坐在尾巴上，聚精会神、不动声色地注视着他们。

恐惧、惊奇以及对老托玛迷路时被一只狼跟踪的回忆，如洪水般涌向了诺埃尔。他迅速站了起来，长长的弓弯了下来，一支致命的箭再次轻轻地贴在他的脸颊上；但他的眼睛里充满了犹豫和恐惧，直到穆卡高兴地笑着抓住了他的胳膊。

"是我的小狼崽，哥哥。看他的耳朵，还有他的尾巴！看他的尾巴，哥哥。"一听到声响，大白狼就警觉地站了起来，用那种犀利的眼神深深地注视着穆卡的眼睛，这种眼神有助于野生动物读懂你的心思，而且会立刻甩着那浓密的大尾巴友好地向你问候。

这的确是小狼马尔桑西斯。在暴风雪来临之前，小狼马尔桑西斯蜷缩在小猎人前面的山坳里；尽管狼群饥肠辘辘，但他们只是好奇地注视着孩子们。在这些强大的野兽看来，孩子们并没有在广阔的荒野上跳跃的两只雪鸟可怕。但他们是人类的孩子，这对白狼群来说已经足够了，因为数年来，他们从未骚扰过任何人类。今天早上，小狼马尔桑西斯再次发现了他们的足迹。他曾看见他们待在那里观望着自己的族群驱赶过驯鹿，而且还不可思议地看到诺埃尔也攻击过公鹿；但那时因为他有自己的任务，所以仍然躲藏着。现在，他已经吃饱喝足，性情也稳定下来，但比以往更好奇，于是他就跟随着这两个小家伙的踪迹，想了解一些他们的情况。

穆卡殷切地看着他，心中的恐惧一扫而空。"托玛说，狼和印第安人的狩猎方式一模一样，即一动不动，不要去骚扰猎物，除非非常饿了。"她小声说，"还有，在白人来之前神灵基索洛克比让我们成为朋友，但他们却破坏了一切。现在，小狼马尔桑西斯在用唯一能交流的方式，也就是他的尾巴和眼睛，在说：'不要，不要'；哥哥你不要射箭，小狼马尔桑西斯认为我们是朋友。"这时诺埃尔的弓还是拉紧的，于是穆卡勇敢地走到致命的箭前，径直走向大白狼。大白狼胆怯地移到一边，在远处又坐了下来，眼睛、耳朵和摇摆的尾巴尖都表现出一只迷路的牧羊犬般的友好。

诺埃尔欣然松开了他的长弓，因为树林里的奇观让他心有感触；当他看着孤独的树林居民友好地待在荒凉的树林里，一种同伴之间的情谊悄然涌上心头；而意味着恐吓、杀戮、破坏神圣和平的狩猎精神已经荡然无存。当他们再次上路时，大白狼小跑着跟在后面，紧跟着他们的脚步，但从未越过他们，偶尔他也会往旁边移

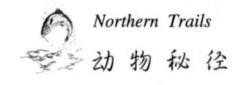

动，好像是为了让他们保持正确的方向。在树林最茂密的地方，诺埃尔没有任何线索可循，他晕头转向地乱走一通，透过树林寻找远处山头上的某个地标。有两次，大白狼向一边跑去，回来后又向同一方向跑回去了；诺埃尔根据印第安人的常识，理解了这个微妙的暗示，便径直向右走去，直到看见大山脊隐约出现在树梢上，而他们的小木屋就隐藏在山脊的下面。直到今天，我仍然尽力让他相信那只狼知道他们要去哪里，并以自己的方式为他们领路。

于是，两个孩子爬上了长长的山脊，登上了山顶。小屋的浓烟从深谷中袅袅升起，指引着他们回家。狼就此停了下来；尽管诺埃尔吹着口哨，穆卡高兴地呼喊着，就像他们对自己的爱斯基摩犬一样，但狼马尔桑西斯却不肯再前行了。他坐在山脊上，尾巴在身后的雪地上扫了一圈，竖起耳朵倾听着那友好的呼唤，而眼睛却注视着小猎人迈出的每一步，直到他们消失在下面的树林里。而后，他转身在荒野中追随自己的踪迹去了。

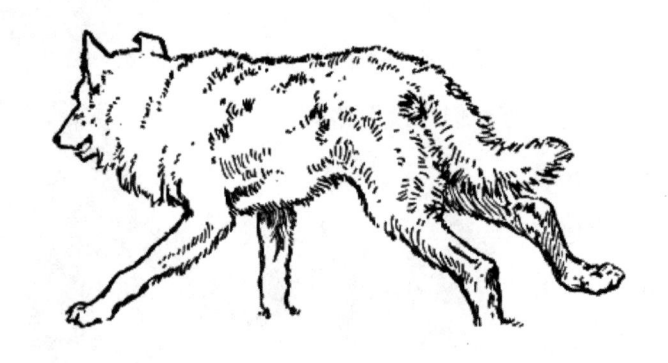

第二章　追寻大雁瓦普顿克

一片辽阔的荒原沐浴着清晨的阳光，上面深深地覆盖着色彩柔和的苔藓，周围是幽暗的云杉树林。第一股海风刚刚吹起，撩拨着大地上的香炉，卷起了笼罩地面整整一夜的薄雾。在这松软、即将消失的被单下，平原似乎在骚动不安，它深深地呼吸着晨香，然后懒洋洋地伸展着躯体，就像一只刚刚醒来的灰狼一样。到处都是小水塘或浅滩，它们在阳光下眨着眼睛、颤动着身体，就像睡眼惺忪的眼眸，又像在柔软而似饱经风霜的脸庞上，那皱纹般绵延的阴影里休息。荒原上一片寂静，只有一只孤独的林中乌鸦始终伸展着黑色的翅膀悬在上空。平静的地面上或水面上没有任何生命活动的迹象，除了躲在灰色苔藓中的小海豹发出的吱吱声，以及从远处树林飘来的，宛如梦中之音般的海浪冲刷无名沙洲的堤岸时，发出的低沉涌动。就是在这里，意想不到的是，好运终于降临了：经过漫长的探索，我终于找到了大雁瓦普顿克的巢穴。

从孩提时代起，我就一直在寻找他的踪影。春天，他总是在天空中呼唤着我；听着他的呼喊，看着他像箭头一样径直向北方前进，我感觉似乎在束缚我的天空中，容纳不下如此自由的灵魂。也许在他那狂野的冲动中，有什么东西驱使他远离人类的领地。当我目送他消失在蔚蓝的天空时，心中已经找到了答案。虽然我的灵魂已经飘向了远方的荒野，但我的躯体却不得不留在农场。所有这些景象、声音和莫名的渴望让我紧紧地追随着野外的瓦普顿克。我下定决心总有一天，当小溪流水潺潺，大树林开始萌芽，所有生物都在为春天而蠢蠢欲动时，就去跟踪他的步伐，看看他为什么要往北飞。

后来，瓦普顿克又在同一片天空向我呼唤，但此时他的头朝向了南方，而且飞行方式完全不同了；楔形的队列摇摆不定，而且经常发生变化。他离地面越来越近了，而且摇摇晃晃地用力向前冲去，曾让我兴奋不已的响亮而饱满的号角声现在变成了一种奇怪的唧唧声，而且几乎每个音符最后都变成了假声。时而，楔形队列的顶端会响起一个响亮而清晰，更加深沉、更加生硬的音符，而其他同伴会立刻咯咯地叫着回应，之后他们会更加工整地摆好队形。但是，他们不能尽情地快速飞行，所以也不能兴高采烈、自由自在地叫喊了。

那时，我不知道在秋天里这些大雁大多是幼鸟，他们以前从来没有沿着长长的踪迹飞行过。在每一个楔子的顶端，都有一只老鸟，他指示出他们形成队列的岬角；但是他们飞行不太稳定，因为幼鸟还没有完全发育好，力量还不够，所以中途必须休息；而且，他们的叫声也没有那么激动人心了，因为前方既没有春天时悸动的爱情生活，也没有遥远的北国里那种宁静的筑巢之地的

第二章 追寻大雁瓦普顿克

甜蜜家园记忆。恰恰相反的是，他们迫于无奈而离开了心爱之物。此时，曾经广阔、自由、偏僻的安全荒野地带成了危机四伏的凶险之地；在那里，每一个方位、每一个海湾以及每一处觅食地都险象丛生。难怪他们飞行会摇摆不定，难怪幼鸟的声音突然变成了假声，因为他们惊愕地看到自己翅膀下安静的小池塘（曾是他们唯一的世界）变成了广阔的大海、绵延的群山和人头攒动的城市。

秋天，男孩（我）像所有其他男性一样，在文明的外衣下残留着某种古老的野蛮，所以他的心中涌动着猎捕的念头，而且当天空的大雁叫喊着向他发出挑战时，他脑海中涌现出遐想和憧憬：在狂风暴雨的日子里，趁大雁低飞时，抱紧那把被禁用的旧步枪，偷偷地从谷仓的后窗爬出去。他会从厨房的窗户跳到谷仓里，穿过棕色的田野，走向树林，并径直飞快地跑到家里养着一只老灰鹅的小寡妇邓克尔家。有时他靠乞求，有时他靠行贿，有时，当大雁就要飞来，而恰好寡妇又不在家时，他就随心所欲地想拿什么就拿什么。家禽们会立刻乱成一片，母鸡和鸭子嘎嘎地叫喊着，当老灰鹅格雷拉格发现自己身陷囹圄时发出一声声狂叫。男孩会手里拿着枪，胳膊肘下紧紧地夹着老灰鹅飞快地跑向树林里的大池塘；一路上，老灰鹅吭咳——吭咳地表达着自己的怨恨，但这也是合情合理的，就像你以正确的方式对待他们时，他们满

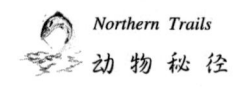

意的表现一样。

接下来，这个男孩会躲在一个偏僻的草地和灌木丛中，扫视着天空，仿佛天空随时都有可能打开，让奇迹降临；那只老灰鹅就在小男孩的前方游来游去，但她的一只脚被固定在一块砖头上；只见她尾巴翘向天空，一边溅着水，一边探索着水下的固定物，还一边像一群鹅一样叽叽喳喳地自言自语，对现在的陌生环境感到惊奇和兴奋。当大雁终于飞来时，天空中传来了震撼的铿锵声，接着几个世纪的圈养束缚像一件无用的长袍一样从老灰鹅的身上滑落下来！她认出了自己的同胞，于是拖着那块愚蠢的砖头，脖子伸得长长的，翅膀颤抖着，发出狂野的叫声；她想把他们喊下来分享自己的孤独，或许想让他们来把她带走，但谁也不知道她的真实想法。男孩抱紧自己，屏住呼吸，对这只老鹅的帮助喜上心头。他待在那里一动不动，就像一块石头一样，只有他的眼睛随着大雁的飞行而移动，看看他们是否会听从她的安排。

总体而言，楔子形队列始终径直沿着他的路线稳步前进；但每只大雁都低下头来，叫喊着向俘虏（老灰鹅）做出回应。男孩触景生情，不再仰望高空中的大雁群，而去查看他的老灰鹅了。老灰鹅格雷拉格拍打着无用的翅膀，在锚绳允

第二章　追寻大雁瓦普顿克

许的范围内奋力追赶着自己的同胞；她会不断地呼唤，荒凉的北国原野都能听见她的召唤。铿锵声逐渐成了微弱的噼啪声，最后消失在无尽的远方。过了很长时间，老灰鹅仍坐在那里，伸长了脖子倾听着，当听到呼唤后，就在心里回应着；但实际上这种呼唤已经在那个男孩比较冷漠的耳朵里消失了。

然后，老灰鹅格雷拉格再也不会兴高采烈地叽叽喳喳了。她会一声不吭地游来游去，时而愤怒地啄着束缚的绳子，时而抬起头来寻找和望着自己那野生的同胞，直到暮色凄凉地洒落在池塘上，她会再次被男孩夹在胳膊下沉默而不情愿地回家了。

在一个暴风雨的日子里，好运降临到这个男孩身上：想到终于能见到那些经常让他心驰神往的灰色流浪者，他的心就怦怦直跳。一大群大雁在南迁途中经过池塘附近，他们飞得比平时低，楔形的两侧被雨雪冲散了，队形也因为疲劳而变得歪歪扭扭。他们那微弱而杂乱的鸣叫声唤起了老格雷拉格心中所有的狂热向往，她似乎从叫声里听出，他们这次肯定会来，而且她终于明白自己年老的心向往着什么。当她拍打着无力的翅膀振作起来，大声叫喊时，那位野生领头雁停了下来，长长的楔子队列似乎在一片密集的咯咯声和困惑中乱成了一片。然后，领头雁回旋起来，喧嚣声中立刻响起了低沉的命令声，雁群迅速而精确地排成了一排，径直沿着池塘向男孩的藏身处飞来。浩浩荡荡的楔子形雁群，在这绝佳的休息地里欢快地鸣叫着，老格雷拉格一边叫喊着拉拽着她的锚（砖头），一边用翅膀拍打着水面，她的心激动得几乎要跳出来了。

之后，男孩独自一人看到了大雁瓦普顿克的一个训练学校，沿岸的老猎雁者多年来一直都在寻找它，但一无所获。他们高高地从男孩头顶上方飞过，到了池塘中央时，领头雁突然向右飞去。楔子队列的右翼跟在他身后右转，而左翼却停了下来，接着在前面的雁群后面排成了一列长队。现在，每一只翅膀都停止了扇动，铿锵声也戛然而止。他们优美地旋转而下，好像从一个无形的蜿蜒楼梯上滑下来一样。紧随领头雁后面的是庞大而长长的雁群，他们在男孩上方划出了完美的曲线，又绕了半圈。他们展开了翅膀、伸直了脖子，井然有序、一声不响地滑翔、盘旋，径直向下沿曲线飞行。

他们优雅、精确而安静地沿着螺旋式风梯蜿蜒而下，让人叹为观止，这时男孩目瞪口呆、连连赞叹，忘记了猎捕的初衷。大雁们一只接一只地放下了黑色的蹼脚，在水面上缓缓地滑行了片刻，又无声无息地落入水中。过了一会儿，他们就聚在了一起，彼此之间热切地低语着。

现在，只有老灰鹅格雷拉格对这美妙的降落视而不见，因为她孤独的心里疯狂地涌动着其他事情。雁群悄无声息、优雅从容地降落了下来，而老灰鹅格雷拉格一直在歇斯底里地咯咯叫着，疯狂地拍打着羽翼，拼命地拉扯着锚，竭力想和她的同胞团聚。当他们一起摇晃着脖子疑惑不解时——因为除了常见的振翅之外，没有任何野生水禽喜欢欢迎或示威，她停止了疯狂的挣扎，轻柔地鸣叫了起来。领头雁立刻做出了回应，整个雁群径直向岸边靠拢。

在杂乱无章的草丛和灌木丛后面，男孩拿着他的长步枪，心脏开始怦怦直跳。优雅高贵的大雁就在眼前，他们叫喊着径直向

第二章　追寻大雁瓦普顿克

雁群沿着螺旋式的风梯蜿蜒而下

岸边靠近，差不多就在步枪的射程内，男孩从未这么近距离地观察过他们，所以狩猎的意识又完全清醒了过来。在男孩前方，那只老灰鹅带着一种莫名的兴奋，叽叽喳喳地朝雁群游去，绕着锚快速地转着圈。老灰鹅越来越兴奋，雁群停了下来，在那里摆来摆去，接着又转向了一边；然后，那只老鹅的心怦怦地，拼命扇动翅膀，欲追赶他们。锚绳上有一道裂缝，就像铁皮锅上掉了一小块。老灰鹅使劲一拽，向上一跳，翅膀一阵狂扇后，锚绳就断了，这样她就解脱了；她在水面上半飞半跑着，穿过一片水雾，扑向了野生的雁群。转眼间，她就淹没在一圈密集的灰背和细长的黑颈白颊之间，然后整个雁群迅速游入了开阔的水域，他们咯咯地笑着，轻柔地叽叽喳喳着；老格雷拉格的鼻音——吭咳——吭——吭咳，不停地在她那野生同类间轻柔的交谈中回响。

那天晚些时候，经历了几个小时的漫长而寒冷的等待后，我希望他们会靠近我的藏身之处，但却大失所望；我伤心地推着一只破破烂烂的船去抓邓克尔的那只灰鹅。当我还在远处时，雁群就已经惊慌失措了；他们缓缓地迎风飞上了树梢，在那里叫喊着、应答着，然后排成一行，以楔形队列迅速地向海上飞去。雁群离开后，老格雷拉格的心碎了，她在水面上迈着沉重的步伐挣扎着，一遍又一遍地呼唤着雁群，而雁群此时也在树梢上七嘴八舌地叫着。老格雷拉格径直向岸边游去，随后穿过一片小小的荒草地，仍然追赶着雁群。她奋不顾身、摇摇晃晃地穿过树林，停下来呼唤着和倾听着，我趁机抓住了她；但当我把她夹在胳膊肘下抱回家时，她并没有反抗。我趁着天黑没被发现，就把她放进了她一贯的住所——邓克尔家的鸭笼里。

第二章　追寻大雁瓦普顿克

那是我在童年时代跟野生大雁瓦普顿克最亲近的一次接触；但在秋天，他的声音总能唤醒猎人，这是其他声音所不能及的。在春天，他那铿锵有力的欢呼声总能激起男孩心中的渴望，于是男孩想要追随他的脚步，并找出在人烟稀少、人迹罕至的北方有什么东西在召唤他。后来，作为一名猎人，我逐渐熟悉了他冬天的许多生活方式，看着他在浅滩上觅食，或是站在孤零零的沙洲上睡觉；当他在我的诱饵上方左右摇摆时，他宽大的翅膀发出的沙沙声令我兴奋不已。

捕猎中经常使用的被驯化的鹅与老灰鹅格雷拉格有着天壤之别，他们是各种翅膀倾斜或者受伤的鸟类的后代，这些鸟被圈养起来繁殖后代。当听到大雁的鸣叫，看到长长的楔形队列在池塘上方晃动时，这些被驯化的鸟就会被放飞出去，他们在远离海岸的地方盘旋，并以狂野的叫声召唤野生的同类。而后，他们好像很清楚正在出卖自己的同类，所以不慌不忙、小心翼翼地把野生的大雁引进看似安全的地带，带到隐蔽的枪手射程内，这时他们会突然散开，冲到一边躲起来；而那些上当受骗、迷惑不解的大雁将被隐藏的猎人们凶残地用枪射死。在我看来，这是一件卑鄙无耻的恶行；但庆幸的是，我除了饶有兴趣地观看，并赞叹"老猎手"（圈养的鸟类）费尽心机地诱惑他的野生同伴之外，并没有参与其中。

有一天，看着这些被驯化的诱饵，很难想象到这些鸟类曾经是羽毛家族中最野性、最敏锐的存在。突然，我想到了一个颇为惊人的悖论：最野生的生物最容易被人类驯服，而且也最容易接受人类的方式。一只住在我们家附近的麻雀，对人类几乎没有丝毫恐惧之心；但第一次被抓住后，他们终生都会小心谨慎，所以驯化他们是不可能的。在原生荒野中，一种非常温顺的鸟——皱领松鸡，几乎不会为人类让路；然而，所有试图驯化他或让他满足于安全住所和丰富食物的尝试，除了少数几次外，其余的都莫名地以失败而告终。他允许你走近他，随时观看他，但从你把他关进笼子里的那一刻起，他就会义愤填膺，并在试图重新获得自由的抗争中死去。

另一方面，当大雁在迁徙途中来到我们中间时，他会非常小心谨慎，但又肆无忌惮，他对所有与人类或人类发明相关的东西都避而远之。如果最警惕的哨兵察觉到你在接近，他绝不会让你进入步枪射程之内；但是，当他在你的鸡舍里待上几个小时后，就会从你的手上取食，他的后代会在你的畜舍里安居乐业，直到永远。春天，当迁徙的热潮在他体内涌动时，他想响应天空中伙伴们的号召，张开翅膀加入他们的行列；但是这股热潮会很快退去，他转身回到你家的院子里，甚至似乎对那双被剪掉的翅膀也很满意，因为他可以待在这里，而他的兄弟姐妹们则消失在远方冰冷的蔚蓝色天空中。曾经，有一只受伤的大雁被关了整整一个冬天，春季迁徙时节到来时，她跟随一群路过的雁群一起飞到了未知的北方；但第二年秋天她带着自己的孩子回到了同一个畜舍。我们田地里的火鸡也是如此；他们是鸟类的

第二章 追寻大雁瓦普顿克

后代，而那些鸟类以前在森林里就像乌鸦一样放荡不羁、难以接近。

在作为猎人跟踪大雁的这些年里，我学到的最重要的知识就是大雁的戒备和智慧，让我佩服得五体投地。如果一个人说自己能听懂大雁的语言，那么称他是一只鹅是一种夸张的恭维，或者是一种纯粹的奉承。无论在野外什么地方觅食，大雁瓦普顿克都会在观察的最高点安排哨兵，对熟悉他们所有习性、经验丰富的捕猎者进行监控，所以要接近雁群而不被发现几乎是不可能的。有一次，我把一头奶牛慢慢地引向雁群啄食残渣的地方，而自己藏在奶牛的另一侧；但此时，大雁瓦普顿克正敏锐而仔细地观察着奶牛的下方，看看她下面是否多出了一双腿，所以必须要发明出其他装置，但很快就会被聪明伶俐的大雁瓦普顿克识破，最后这些装置就会像其他无用之物一样闲置起来。在海岸上，他仍在倾听同类的声音，来到训练有素的诱饵处——在大草原上的一个深坑周围，受伤的鸟儿被绑在木桩上，他们向同伴发出召唤。有时猎人就在附近，以便能快速射击。但这些不公平的优势本身就代表了人类的失败：因为这不仅是凭借自己的才智，而且是加上了现代枪械的帮助，这表明人类再也无法与大雁的智慧抗衡了。

在其他地方，尤其是在西南部的大麦田里，有人幽默地承认

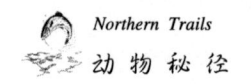

了人类的无能，以及大雁瓦普顿克对抗奇怪的"雁骑兵"——人骑着马，一边用枪支扫射着，一边大喊大叫着，以吓跑麦田里那些成千上万、无法回避或消灭的雁群——的优势。整个过程中最可笑的是，"雁骑兵"认为这些令人气愤的鸟儿对他了如指掌，所以会怒不可遏、焦躁不安。大雁们悠闲地吃着草、叽叽喳喳地逛着，视"雁骑兵"如稻草人一般，直到他飞奔而来。有时，愚蠢的"雁骑兵"悄悄地跟在马后面爬行；突然，雁哨兵就会发出警报，于是整个雁群都振翅高飞，又到同一片麦田的另一个地方舒适地安顿下来觅食了。

不可思议的是，大雁瓦普顿克靠着绝顶的聪明避开了人类的绝佳设计，而这绝非出于他的本能，而是源于他睿智的前辈的现场传授。历代以来，他都是在北方的荒野里出生、成长；在那里，他从未见过任何人类，所以他们生活得无忧无虑、无所畏惧。当他第一次向南方出发时，他已经长大，翅膀也强壮起来，但对人类世界却一无所知。仅凭自己和自己的直觉，他会很快陷入第一个狡猾的陷阱，就像他的祖先第一次见到白人以及他们的圈套时那样。那时，老雁和幼雁都对人类没有任何恐惧，就像此时他们在北方荒野的家里一样，无所畏惧，他们只是将人类视为普通的野生动物，但经过几个季节的学习后，他们会懂得更多生存之道，

第二章 追寻大雁瓦普顿克

现在，南迁的老雁们最关心的是如何让幼雁远离危险。对幼雁来说，幸运的是，他所属的雁群总有父母的引领；幼雁通过向父母和前辈们学习，再加上长期磨炼的经验，很快就会学会随机应变，在一个充满智慧的世界里走出自己的路。

男孩跟随猎人跟踪大雁瓦普顿克的过程中，了解到了所有这些知识，但他关注的主要问题仍然没有得到解决。无论是从书本上还是从海湾居民那里，无论是从探险家还是从米德尔伯勒池塘边精明的老猎人那里，他都听到了同样的故事：鸣叫的楔形队伍如何被诱饵召唤下来，怎样诱惑或诱捕有戒备的大雁，怎样智取和杀死大雁。但是，大雁瓦普顿克是一个活生生的存在，当他远离人类，在他自己的地盘上自由自在的时候，他脑袋里会想些什么呢？心里会有什么样的感受呢？没有人能回答这些问题。每次，当男孩遇到一些需要猎杀，而不是需要了解和研究的活物时，他就会将这些问题抛之脑后。每逢春天，当远航者的狂野呼唤从蔚蓝的天空飘下来时，男孩的眼睛热切地注视着壮观的楔形队伍正朝北方奔向爱和自由时，一些新奇而陌生但又像春天或日出一样司空见惯的东西，在男孩的心中激荡着、苏醒着，让他渴望去追随他们的足迹。

我想这不是什么不同寻常的经历。在大多数男性的心中，都会有一种东西在蠢蠢欲动：当大雁的第一声欢快的鸣叫声在春日

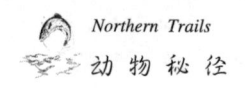

的暮色中向他们飘来时,他们会忘却岁月的蹉跎,使自己重新成为怀有一种梦想去远方漂泊,闯一番大事业的狂野男孩。

  因此,当我从纽芬兰北部半岛的低矮云杉中爬出来,发现我漫长的探索终于结束时,这并不令人惊讶,而只是多年来平静期待的实现。六月初的一个早晨,我偷偷穿过树林来到鲑鱼池时,在平稳的河水的淙淙声中,有一种柔和的野性的声音在轻轻地呼唤我。这种声音起初似乎很近,但在我试图找到它们时,它们又像鬼魂一样消失了;它们引领着我离开河流,走出了大树林,来到一片不知名的荒原。荒原在朝阳下刚刚苏醒过来,它用荒野的沉默和质疑的眼神迎接着入侵者的到来。大雁瓦普顿克就在不远处,他在那里静静地等待着,仿佛他一直在等待着我的到来。

  尽管我来的时候悄无声息,但在我看到他之前,大雁瓦普顿克已经观察了我好一会儿了,而且他极力用奇特而自然的方式来掩饰自己,这是一个人类或一个动物在大荒原中单独行动的标志。他是一只雍容华贵的大公雁,有着柔软的灰色羽毛,几乎跟灰色的河岸融为了一体,光滑的黑色脖颈直立在水面上,一条洁白的领巾从两边延伸到脸颊,就像旧式的新英格兰牧师的"颈圈"一样完美无瑕;他静静地躺在水草中间,所有的狂野和戒备似乎都从他身上滑落下来,就像一个人走进自己的家门时扔掉一件无用的衣服一样。他从容不迫、安安静静、毫无畏惧地看

第二章 追寻大雁瓦普顿克

着我。他身体上的每一条强壮、优美的线条都让人肃然起敬,并且明确无误地意识到自己有责任守护藏在远方某处的东西。我突然想到,这是否就是自己一直苦苦追随了这么久的那只鸟?"大雁追逐"是否象征着所有无望和无法触及的事物?他坐在那里,安静而从容,没有恐惧或好奇的颤抖;在我看来,他此刻无意接近或飞走。

我静静地走近,坐在岸边,而大雁瓦普顿克在我面前轻轻地来回摆动。几分钟过去了,我没有发出任何冒犯的声音或动作,而他加大了短途巡逻的覆盖面,直到他以远处海岸上一个点为中心,覆盖了一个不规则的半圆;我明白了我应该在那里能找到他的巢穴和他灰色的配偶。不一会儿,他开口了,发出一种奇怪而低沉的叽叽喳喳声。从草丛和苔藓中,探出一个脑袋和长长的黑脖子,他直直地望着我,在他附近出现低低的唧唧声和口哨声;原来,雏鸟们一直安静地躲藏在那里避险。

我发现了他的秘密,于是站了起来,绕着池塘走了一圈;我非常小心谨慎,因为每走一步,脚下都是颤悠悠的沼泽和深不可测的黑泥。大雁瓦普顿克停止了巡逻,看了我一会儿,然后紧跟在我身后。当我沿着险恶的海岸缓慢前行时,他与我齐肩并行;当我翻过小池塘的尽头,

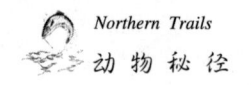

走近雏鸟藏身之处时，大雁瓦普顿克急忙向岸边游去，以便赶在我之前游到配偶跟前。过了一会儿，他安然地站在她身边，弯下身子来，把脖子和她的脖子交织在一起，用一种可能只意味着爱抚的姿态，在她的翅膀上轻轻地摩擦着自己的脸颊。随后，他低下头去抚摸了一下藏在苔藓里的幼鸟，突然离开了他们，勇敢地伸直身子，冲向我站着观看这令人惊叹的一幕的所在之处。

当我低头看着他那么勇敢而自信地站在那里，准备防卫时，一种不由自主的敬佩之情涌上心头。我在心里默念着："真是羽毛家族中了不起的家伙，无所畏惧的骑士！"但我想进一步试探他，尤其是想看看隐藏在灰色苔藓中的一切，于是我又开始小心翼翼地向前走去。

我刚迈出第一步，大雁瓦普顿克闪电般开始活动起来。虽然他本身个头很大，但当他抖动羽毛，半张开大翅膀，直到看起来比自己的体形大一倍时，就足以吓倒任何潜行者。我又往前走了一步，于是他的眼睛开始闪闪发光，低下头，黑脖子贴近地面，一边像四十条蛇一样嘶嘶地径直向我冲去，一边喉咙里发出一种气喘吁吁的可怕咯咯声，仿佛他已经愤怒到了窒息的地步。

面对比自己大十倍的敌人，他从淡然的高贵迅速转变为愤怒的抵抗，真是太惊心动魄了！强烈的嘶嘶声让我毛骨悚然，让我不由自主地想知道，任何始终生活在逃亡和恐慌的边缘的野生动物，包括我自己，是否能够片刻地承受这种可怕的声音呢？我记得小时候，有一次我被一只愤怒的老公鹅狠狠地教训了一顿，然后被赶出了畜舍。现在，我看着这对巨大的翅膀，生动地回忆起了它们的用途。我就像因犯错而被当场抓住一样，丝毫没有防御

第二章　追寻大雁瓦普顿克

他径直向我冲来

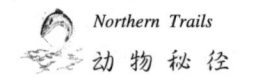

的理由；因为大雁瓦普顿克是在他自己的地盘上，我根本无权干涉他的事务。因此，我不可能向他扑去，野蛮地战胜这个保护自己的孩子的高贵家伙；更不可能去抢劫鸟巢或殴打幼鸟。但是，假设诺埃尔——我亲爱的印第安朋友，在不懈追寻新的河狸领地途中，也会偶然遇上这种情况吗？当他看到我在沼泽地上跳来跳去时，就紧跟在我的后面，用宽大的翅膀拍打我的屁股；当他成功地将我赶出他的地盘时，我可以想象出他眼睛里的那种奇怪而不屑的眼神，以及他皱起的脸上的笑意。即使大雁瓦普顿克是正当防卫，但对我来说却是非常不可思议；所以，我没有逃跑，而是静静地躺在苔藓中，半开玩笑地自我安慰着，并全心期待着观察得"越多越好"。

离我很近的时候，他停了下来，头部紧贴着地面，舌头像弹簧一样缩进了嘴里；他拼命地嘶叫着，并用明亮而尖锐的目光看着我，看着自己的示威效果。我立刻明白了他为什么竖起羽毛、扬起翅膀，脖颈和头部像一条大蛇一样贴近地面，因为翅膀是他

第二章 追寻大雁瓦普顿克

唯一的武器,半举着翅膀是准备攻击;但是,凶猛的嘶嘶声和无攻击力的头部肯定是为了吸引任何攻击动物的注意力,就像猫头鹰叩击他的喙来吓唬你一样,让你的眼睛忽略他危险的爪子,直到他出其不意地将爪子抓进你的身体。任何野生动物,如果敢于攻击,自然会避开蛇一样的嘶嘶声,去攻击他庞大的身体,但却被强大的翅膀迎脸一击。如果他把纤细的脖子抬得高高的话,任何动物都会自然而然地向他的脖子扑去,而没等大雁瓦普顿克还击,战斗就差不多结束了。事实上,大雁瓦普顿克把最脆弱的地方尽可能靠近地面,就像一艘舰会把它的弹药库放在水线以下一样,他通过用蛇形的嘶嘶声恐吓动物,那么他就有机会施展自己的武器,这样,他能抵御所有的入侵者,很好地保护自己。

显然,大雁瓦普顿克对我的沉默感到惊奇。他早就准备好要么战斗,要么逃跑,但此时他却进退两难,几乎不知道如何应对这种紧急情况。当他目不转睛地看着我时,我觉得我能从他的眼睛里读懂他的心思。他保持了防御的姿态一两分钟,嘶嘶声逐渐消失。他突然抬起身子,用他那巨大的翅膀朝我脸上划了一下。我能感觉到翅膀掠过脸颊时的强风,也能感受到他发力时羽毛下紧张的肌肉跳动。然后他低下头贴近地面,再次发出嘶嘶声,恐吓我不再靠近。

他的配偶就待在他身后十码远的地方,她从草丛中探出了脑袋,一声不响地注视着我们。突然,她发出一声低沉的呼唤,带着一种警告和肯定的奇怪腔调。显然,这是她与她的冠军之间的一种交流,因为公雁第一次放松了紧张的姿态。过了一会儿,她从草丛中溜到池塘里去了。在她之后,又出来了五只幼雁,这些

Northern Trails
动物秘径

　　一身黄褐色绒毛的小家伙很机灵，滑稽地将膝盖贴近肩膀，平稳地穿过岸边，轻松地滑向安全的水域。灰色的配偶又发出了一声低沉的呼唤，公雁瓦普顿克虽然没有转过头去，也没有把他敏锐的目光从我的脸上移开一瞬间，但他迅速地转过身，跳入了水中。他轻轻滑动了一两下强有力的蹼脚，就安全地漂浮在我不可及的地方；当他涌向远方时，仍然警觉地回过头来望着我。

　　雁妈妈带领着这个小家庭一边沿着池塘岸边迅速滑行，一边与他们安心地交谈着。公雁瓦普顿克在雁群和我之间徘徊，他警惕地来回摆动着巡逻，直到他们从视线中消失；随后他悄悄地跟着他们滑进了一个泥泞的濒海湖，因为那里有危险的沼泽，所以任何人类都不敢涉足。

　　一个小时后，大雁一家悄悄地从他们藏身处出来了，发现我正静静地坐在我第一次出现的地方。除了一个明亮、好奇的眼神之外，他们没有一丝感到惊讶或不安的迹象；他们慢慢地从我面前游过去，爬上了被他们的脚磨得硬邦邦的湖岸，开始在荒地上到处觅食。我跟踪了他们几个小时，尽可能地避开他们的视线，

第二章　追寻大雁瓦普顿克

怀着极大的兴趣观察着他们的进食和训练，而且尤为关注这种楔形队形的大致雏形，不久后他们将会在秋风吹起之前以这种队形第一次向南方长途跋涉。

无论他们走到哪里，大公雁瓦普顿克会一直陪伴在他们身边，在他们周围盘旋，或者站在每一座可以俯瞰广阔荒原的小丘上密切地关注他们。他吃得很少，而且显然只是偶尔吃上一口。他的全部工作似乎是在雁妈妈带领幼雁们去觅食时为他们保驾护航，或者是训练幼雁们严格遵守纪律，这让所有大雁的观察者都叹为观止。中午吃饱喝足以后，幼雁们在雁妈妈的监护下在另一个水塘的河岸上晒太阳，而公雁瓦普顿克则展翅高飞，迅速越过树林和沼泽，飞向大海；仿佛在他狭窄的生活中，他向往空间和运动，或者也许只是为了一睹他所热爱的广阔大海，就像所有曾经感受过大海那无限神秘魅力的人一样，因为不到一个小时，他又回来了，而且像往常一样，站在那里守卫着。

后来，当我日复一日地回来观看长期让我心驰神往的灰色远行者时，我目睹了大雁瓦普顿克罕见的谨慎和睿智。雏雁中比较勇敢的一只，离开领头雁走向一片险恶的沼泽地；

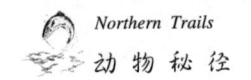

当他急急忙忙、满不在乎地穿越沼泽地时，发现自己陷入了一片软泥中。他绝望地挣扎了一会儿，急促地叫了起来，然后静静地躺在软泥上，翅膀伸开，以防自己陷得更深。雁妈妈立刻把所有的幼雁都召唤到她的身边，高高地抬起脖子，向下望着那只无助的小雁，然后她转过头，高声向公雁呼喊。公雁瓦普顿克已经从他的有利位置看到了危险，并在空中缓缓升起。他低下头在泥泞中的小家伙上方盘旋了一圈，好像是在了解情况，而后他转过身来，在那只幼雁的上方拍打着翅膀，并低下头用嘴巴衔住幼雁的一只翅膀。于是，小家伙一边使劲地踢打着蹼脚，一边拍打着另一只自由的翅膀来帮助自己；公雁半拖半抱地把粗心大意的幼雁带过泥地，最后非必要地在苔藓上方猛然升高，似乎在粗暴地告诫幼雁下次要好好照顾自己。之后，他又低下头，用自己的脸颊一次又一次地在小家伙的脖子上和翅膀上轻轻地蹭来蹭去，接着他静静地回到自己的岗位上，好像什么都没发生似的。

　　最后一幕让我在藏身处感到兴奋不已，促使我更加强烈地想去了解树林居民的头脑中和内心中的想法。雁妈妈走到那个满不在乎的幼雁跟前，……把他带回雁群等候的地方。她站在一群孩子中间，似乎在和他们讲着什么，先是低声交谈，然后是一种奇怪的沉默交流。在这种交流中，每只幼雁都一动不动，挺直了脖子专注地倾听着。过了一会儿，雁群像以前一样在荒原上叽叽喳喳地叫着，吹着口哨，游去觅食了。

下午晚些时候，当我在他们的巢穴旁边观看时，又出现了一个完全不同的场景；虽然有许多事情是人类无法理解的，但当我发现时，不禁对他们发出了赞叹。太阳下山了，云杉树梢的影子笼罩在荒原上，小雁群晃晃悠悠地回来了，就像大雁的习性一样，在他们出生的巢穴旁过夜，在雁妈妈的翅膀下安睡，而老公雁则在黑暗中守望着；所以说与鸭子相比，大雁瓦普顿克更像是一种陆地鸟。他的双腿前倾，表明大自然赋予了他既能游泳又能走路的能力；如果他能在岸上找到一个安全而平静的地方休息，他就永远不会在水里睡觉。

一看到这个熟悉的地方，我观察了一整天的小家庭突然停止了饥饿的流浪，簇拥着跑过来；他们昂着头，吹着口哨，从山坡上翻滚下来，欢快地扑进亲切的水面，而此时水面泛着夕阳的光辉而闪闪发光。他们在那里喝着水，洗着澡，一起争抢、打闹着，而且会突然停下嬉戏，把脖子伸到底下的淤泥

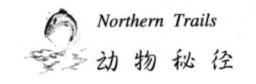

中，寻找他们俯视到的树根，或者寻找有助于消化的泥土和卵石。随着阴影的延长，他们滑向岸边的一个开阔处，轻轻地整理着羽毛，轻声细语地交谈着；雁爸爸和雁妈妈一边看着自己的幼雁玩耍，一边整理好了自己的羽毛。然后，他们用自己洁白的脸颊逐个温柔地抚摸着幼雁，轮流对他们唠叨着，用很多种难以形容的方式表达了他们的喜爱和欣喜，因为漫长而美好的一天结束了，他们又安全地回到了家里。

也许这都是想象；但是，即便如此，如果一个人想了解树林居民的大多数行为，他必须遵从自己的内心，而不是遵循心理学或自然历史的原则。我眼前的这个小家庭，历经了许多漂泊和一些危险之后，在日落时分回到了大荒野中他们熟悉的地方——小雁的出生地；在那里，每一件熟悉的事物似乎都向他们敞开了怀抱，就像他们回到家里一样。雁爸爸和雁妈妈站在幼雁的上方，威严而警惕地观察着这个世界，但他们却温柔地弯下脖子，轻轻抚摸着幼雁的脸颊，告诉他们自己爱他们、懂他们。一阵阵低沉而惬意的鸣叫响彻了黄昏的寂静，也许我听不懂，但通过其变化的音调我清楚地知道，幼雁们的心情从白天的欢快兴奋变成了夜晚的困倦疲乏。我突然想起在同样的黄昏里，一个远在天边的喋喋不休的小孩子，她还不会讲话，但我却完全可以理解她的内心感受，她是在与安静而祥和的天地万物交谈；然后，她独自在自己的小婴儿床上，低声吟唱着哄着自己和她的洋娃娃睡着了。当云层消散时，突然从西边涌出一片光亮，照亮了平原上空，把万物沐浴在玫瑰色的光辉中，幼雁们停止了叽叽喳喳的叫声，转过头来，静静地看着光辉席卷而来的那一刻；但当我再次听到他们的声音时,与刚才又不一样了,似乎更加渺小、更加困倦了,却带着一丝惊奇,就像被灯光惊醒的鸟儿一样。在最近的灌木丛里,一群画眉鸟在唱着祈祷之歌;在更近的地方,一只孤零零的晚祷麻雀,藏在灰色的苔藓里,向黄昏吟唱着他的赞美之歌。遥远的山丘上飘下来一声陌生的呼唤,一只狐狸吠叫着做出了回应。当夜幕降临时,河水平息了他的怒吼,一路高歌奔向大海。对于所有这些声响,对于每一束光芒,每一道掠过的阴影,每一只盘旋的鸽鸟不断拍打的翅膀,幼雁们立即用低沉的欢呼声和口哨声做出回应,而且他们越来越向父母身边靠拢,以体会父母白色脸颊的最后一丝触感。当我躺在那里观看他们的时候,感觉自己漂到了幼雁们的天堂——那片宜人而美妙的边陲之地。在那里,所有的意识、思维都消失了,浑身上下每一根神经都因周围的景象、声音和自然的和谐而感到活力四射;因为大自然不仅仅展现自身,而且当发现有人在荒野中积极响应时,她还能揭示出这个人灵魂中美丽但被遗忘的过往。

慢慢地,光芒越来越黯淡,而且渐渐地消失了,那片大荒原上泛着的深红色的红晕又悄悄地回到了它西边的源头。之后,小雁的叽叽喳喳声和鸟儿的赞美诗戛然而止,荒原上寂静一片,只有河流在侧耳倾听树林的独自歌唱。在辽阔的平原上,海风又轻抚起芬芳的香炉,而现在只剩下深沉而困倦

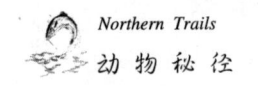

的气息；拂晓时分，我看到纷纷扬扬的薄雾又轻轻地落了下来，像一件衣服一样覆盖着沉睡的大地。我再也看不见在漫长而明媚的日子里一直跟踪的鸟儿了，但是在这个小家庭停留的地方，一个柔和的灰色阴影模糊了开阔的海岸——当某个小家伙不安地搅动时，就会传出困倦而好奇的吱吱声，然后是一个深沉而安静的回应，告诉他一切都好，他在黑暗中并不孤单。

那是我第一次与大雁瓦普顿克的真正会面，也是我第一次解决了一直萦绕在我心中，连书本和猎人都无法回答的问题，即在他自己的领地上，人类的枪支和诱饵可能都无法涉足，他会是什么样子的呢？当我在暮色中转过身去，穿过荒野，回到鲑鱼河边等待我归来的小帐篷里时，我感到心满意足、心旷神怡。

第三章　食鱼动物佩奎姆

辛莫称食鱼动物佩奎姆是个狡猾的家伙，他会追随你的雪鞋痕迹成为大树林中的一个暗影，但从不会超越你的脚步。对森林居民来说，这的确是一个黑暗的阴影，因为无论他走到哪里，死亡都会接踵而至。当你经过了大量的观察和耐心等待之后，出乎意料地真正见到了他的身影，只见他飞快地爬上了山坡，跳跃着、躲闪着，消失了，然后又出现了，接着又消失了，就像阳光追逐的一个影子一样。当疾风吹散云朵时，树林里到处都是沙沙声和波动起伏。

为什么将他称为食鱼动物呢？这是一个谜。向那些大荒原上的混血居民(尤指白人和美洲土著人的混血人)请教，他们可能会告诉你，他之所以被称为食鱼动物，也许是因为他是一个最勤劳的偷鱼贼；把做诱饵的鱼放进陷阱里，他却能把鱼从设置巧妙的装置里钓出来，而且自己的爪子不会被夹住，致命的圈套也不会落到他的身上。然而，至今仍然伴随着他的"食鱼动物"的称

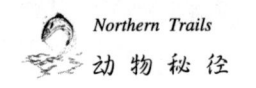

谓，并没有鱼或者捕鱼的意思，而是暗示着他的聪明和狡猾。他确实是个狡猾而淘气的小家伙，只在偏僻的地方出没，而且会破坏掉猎人的陷阱引线。

早期的博物学家罕见地发现了食鱼动物佩奎姆，并且认为自己比印第安人对他有更好的了解——之所以称他为食鱼动物，可能是因为印第安人把他和水獭基奥尼克混为了一谈，而且他的样貌有点像出色的食鱼动物基奥尼克。像所有的黄鼠狼一样（除了族群中最庞大、最凶猛的狼獾之外），他喜欢吃鱼；但只有一次我见过他徒手抓到过一条鱼。他跳进岩石间的一个浅水潭，退去的潮水将一条鲑鱼半途搁浅在浅滩上，他像个复仇女神一样在一片刺眼的水雾中飞奔着，直到他牢牢地抓住了滑溜溜的战利品，把它拖进暗影里。

食鱼动物佩奎姆还有其他名字。在他很少出没的地方，人们称他为黑狐，但他与黑狐或银狐没有任何关系；读书人称他为彭南特貂熊，而缅因州的所有捕猎者都称他为黑猫。当他吃饱喝足时，捕猎者会在春天的雪地上跟随他，趁他在一根空心的圆木里呼呼大睡时，巧妙地将他抓住，这也是我唯一尝试过的方法，而且成功地抓住了一只熟睡的黄鼠狼。但无论他的名字是什么，无论我在哪里发现或听说过他，食鱼动物佩奎姆的天性不会变；无论是在高山上，还是在荒凉的拉布拉多荒原上，或者是在寂静而阴暗的北方树林里，一个诡计多端、躁动不安、嗜血成性的流浪者会沿着每一条踪迹，甚至是你自己的踪迹游荡。他既

第三章　食鱼动物佩奎姆

胆小又勇敢，一听到任何未知的尖叫声、破裂声或沙沙声就会紧张地惊慌失措；但当你让他走投无路时，他有时会发出凶猛的尖叫声，让你毛骨悚然。

因为他鲜为人知，甚至博物学家对他也一无所知，下面我就介绍一下他，就像你在他森林里的巢穴里亲眼所见一样。如果你想看到他，就要在雪地上跟踪他好几英里，找到他猎杀的猎物，然后追踪他返回巢穴；你会注意到一条黑色的条纹迅速地沿着山坡往上爬，随后消失在岩石或长满苔藓的原木上方。如果你想知道这种生物长什么样子的话，他有点像一只被猎犬快速追赶的巨大黑猫。如果他只是停留片刻，看看是什么惊扰了自己，那么你就会看到树林里最罕见的景象：你会看到一个局促不安的动物，而且立刻感觉他形似猫或一只巨大的黄鼠狼。他比家猫大得多，腿短，脸尖，皮毛光滑，很像貂鼠。这就是你会在我的描述中能见到的景象；再者，当他在原木上方消失时，你会发现一条又长又软、光滑油亮的尾巴。如果你试图跟踪他，他就会像一只受到惊吓的猫一样，把尾巴蓬松成瓶刷，让自己的体形看起来更大，那么你就会被他吓一大跳。

在树林里，我有两三次见过我所说的食鱼动物佩奎姆；但是，除了见过他在雪地上觅食外，我只有一次在他毫无察觉的情况下清楚地看到了他。黎明时分，我静静地坐在树林里，看着马塔加蒙山上的鹿群和驼鹿。当我身后传来窸窸窣窣的声音时，野兔莫克塔奎斯就像遭到猎捕时那样疯狂而忙乱地蹦来蹦去。"是黄鼠狼卡加克斯在追他。"我想，然后转过身来看着黄鼠狼，同时拿起一根棍子想要阻止这个嗜血的小坏蛋捕猎。接着，食鱼动物佩奎姆从灌木丛中冲了出来，口鼻抽搐着，尾巴颤抖着，飞奔着，跳跃着，躲闪着，暂停着，兴奋得激情澎湃。他身上的每一根毛发似乎都活力四射，我立刻想起了一个年幼的食鱼动物，我曾经在他的笼子里一次观察了几个小时。无论是睡着还是醒来，无论是在地上还是在树上，他似乎全身都能看得到、听得到、感觉得到。一声尖叫，一声唧唧声，一声刮擦声，哪怕是最轻微的声响，他立刻就会放下手头的事情，跳起来，扭过头去，又转又跳。有一次，当他明显熟睡的时候，我把拇指指甲和其他手指指甲凑在一起，发出啪啪声。如此微弱的声音，连熟睡的狼也不会从梦中惊醒；但就在那一刻，食鱼动物佩奎姆已经完全清醒地跳了起来，朝着我的方向皱起了鼻子。

当这只野兽从我面前经过时，他从鼻子到尾巴都在颤抖，这让我表现出同样的不安和警惕。在离我手不到十英尺的地方，野兔已经疯狂地跳了起来，于是食鱼动物停了一会儿，把头扭了半圈来捕捉气味，接着又往前飞奔，随后将鼻子贴着地面又跑了回来。之后，他发现自己没有闻到气味，但不像其他动物那样掉头跑回去，而是一跃而起，像闪电一样在空中打了个旋，接着向相反的方向落了下来。这是我在活生生的动物中见过的速度最快、幅度最大的动作，然而，这可能只是食鱼动物佩奎姆日常生活中的一个普通动作而已。过了一会儿，他找到了踪迹，飞奔而去，完全没有意识到我的窥视。

第三章　食鱼动物佩奎姆

他找到了踪迹，飞奔而去

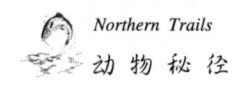

食鱼动物佩奎姆是树林居民中无与伦比的猎捕者。他像黄鼠狼一样锲而不舍地追踪着线索,当他的鼻子将他带入攻击猎物的距离时,他会以惊人的速度飞奔而去。我在冬天的树林里跟踪了几十条食鱼动物的踪迹,从来没有一条能把我带到他的猎捕现场,但迟早我会找到的,那里的痕迹肯定会非常清晰,就好像是亲眼目睹一样。你可以一连几天追踪着狐狸埃列莫斯的踪迹,也就是辛莫所说的狡猾者,但却发现狐狸会一无所获,你只好躺下来睡觉,其实他比你自己还饥饿难耐。或者,你可以在光秃秃、白茫茫、空荡荡的树林里,沿着猞猁阿普威克斯那圆圆的、深深的脚印连续追踪到数英里外;当你想到他肯定饥肠辘辘时,你会对这个体形高大、野蛮而愚蠢的家伙产生怜悯之心。因为在河狸屋、兔舍边、鹿场旁,以及松鸡在雪地里过夜的洞里,你只会发现失望的痕迹。但是,跟着食鱼动物佩奎姆走上一小段路,你很快就会看到一个精彩的狩猎故事:他会在这里抓了一只老鼠,在那里逮了一只兔子,在那边还抓了一只松鼠,还有一只鹿。注意!现在,他又饱又困,你会发现他就在不远处,积雪覆盖下的一棵空心树上睡着了。

尽管他个头很大,但食鱼动物佩奎姆还是能像松鼠一样平稳而敏捷地在大树间攀爬和移动,而且能在空中跃出很远的距离,甚至还能在树枝间跳跃着追赶他的猎物。他会像松鼠一样,从高处跳下来;他好像很享受这种眩晕的坠落:他将身体和尾巴在空中平铺开来,以便缓冲坠落,这样就可以轻轻触地,然后飞奔而去。像大型猫科动物一样,他有时会悄悄爬到高树枝上的猎物上方,再像一道闪电一样跳下来;不过,与野猫佩孔普夫和黑豹勒

第三章 食鱼动物佩奎姆

霍克斯不同的是，我从未见过他在逃跑路径上方的树上观察过猎物。他的鼻子非常敏锐，但却缺乏耐心，所以他的捕猎方式比较孤注一掷、穷凶极恶。

正如你了解大多数大型动物那样，正是在跟随食鱼动物佩奎姆在雪地上留下的足迹过程中，你了解到了他的生活习性。对于北方的森林来说，尤其在冬天，似乎只是一片荒凉空旷、杳无人烟的地方；而在遥远的南方，生命似乎是天地万物的主宰：地球、空气和水总是与众多的生物相依相伴。但这里是一个完全不同的世界，沉默和死亡似乎成为了主宰者，所以整个世界空寂荒芜。清晨，严寒让万物悄无声息；短暂的正午时，微弱的阳光让松鸡开始鸣叫，或者让松鼠发出令人不安的叽叽喳喳声；黄昏时分，当霜冻折断紧绷的树皮，树木再次呻吟起来，像手枪一样噼啪作响，而你却在一天中穿着雪鞋静静地独自前行，除了交嘴雀[①]、山雀和环颈雉[②]的环纹外，似乎整个世界中只有你孤身一人。没有宽大的翅膀和光亮的皮毛，也没有灰色的鹿影扰乱每根树枝上静止的树荚清晰的轮廓。当你自己的呼吸在树木间的霜云中飘散时，它是所有雪景中唯一有生命的动物的迹象。

现在看看你的脚下。你正站在一条狐狸的纤细足迹与一只豪猪的宽大足迹的交会处，满腹狐疑地沿着它走了一小段路，你会看出：狐狸埃列莫斯在犹豫不决，他不知道该转身离去还是该继续前进；同时，他在与逐渐收缩的胃争论着是否饿得宁愿冒着

[①] 交嘴雀因上下嘴呈交叉状而得名，主要分布于欧洲、亚洲和北美洲北部的针叶林带。

[②] 环颈雉，又名雉鸡，俗称野鸡、山鸡。环颈雉的雄鸟羽毛颜色华丽，颈下有一显著白色环纹。

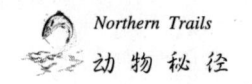

被残忍的倒钩刺穿的危险去觅食；而且狐狸还没有决定是跟踪豪猪——也许在树上能找到他，还是再次相信运气和耐心，在死去之前让自己这只可怜的狐狸再美餐一顿。看！狐狸沿着踪迹前行了，这表明他实在是饥饿难耐了。

你看，这里有生命的迹象，尽管他现在隐藏在不易发现的地方；到处都是各种各样的踪迹，展示了他们昨晚的游荡故事，其中有林鼠的精致痕迹，还有引领你到大山脊另一边的驼鹿场的隐约踪迹，等等。沿着其中任何一条踪迹，你就会发现生命的迹象，或者生命的迹象的细微痕迹，他迅速而安静地走向他的目的地，全心全意地关注着自己的事情。再往前一点，就是你昨天穿着雪鞋留下的踪迹。你看，在它们旁边，有一条踪迹一路跟随着你的足迹转过每一个弯，蜿蜒前行，但从未与你的踪迹重叠，这就是食鱼动物佩奎姆狡猾的踪迹。他沿着你的踪迹绕了五英里回到了你的营地，甚至现在，他可能还在你身后嗅着那些让他好奇的崭新踪迹。

有一次，我感觉自己被跟踪了，于是小心翼翼地溜回去，并发现他像影子一样跟在我的身后；但是，我一直不明白他为什么要跟踪我。在冬天的树林里，沿着你的足迹洒下食物是一个不错的主意，因为这样可以打消树林居民对人类足迹的不信任；但早在我发现并实践这一方法之前，食鱼动物佩奎姆就一直跟踪着我。也许是因为他长期跟随捕猎者，并从他们的貂皮

第三章　食鱼动物佩奎姆

圈套中偷取诱饵，所以这已经成为了一种习惯。

在一个万籁俱寂、寒气逼人、死气沉沉的早晨，我离开了邓加文河岸上的大原木营房，向东走向荒原。我是在追逐驯鹿，但在两英里外的树林里，我遇到了印第安人老纽厄尔，他的狩猎营地在河的上游很远的地方；他一边飞快地向前奔跑，一边眼睛盯着一条新的踪迹。"喂，兄弟！你在追赶什么？"我向他问候道。

他咕哝着指着雪地，从雪地上的踪迹可以看出，那天早上有一个食鱼动物在雪地上走过，而且好像后面有人在追他。"佩奎姆今天早上肯定手忙脚乱。我想如果纽厄尔在附近的话，食鱼动物肯定无路可逃。"我小心翼翼地回答说；我面前那张冷酷的老脸因对他的打猎技巧的赞美而变得柔和起来。

"哦，我看到他了，"他笑着说，"这家伙偷了我陷阱里的诱饵。今天早晨，我发现了他捕杀鹿的地方。现在他肯定肚皮滚圆、昏昏欲睡呢，哦，他肯定昏昏欲睡了。我很快就会找到他。想一起去帮忙吗？"他挑衅地补充道。

这对我来说是一种耳目一新的狩猎方式，于是我高兴地离开了驯鹿的足迹，跟着老印第安人走了。他没带猎枪，只带了一把斧头，我很想知道，他打算如何徒手抓住那么敏捷而警惕的动物；但我没有问任何问题，只是默默地跟在后面，走在踪迹的一侧，远远地看着前方，希望能瞥见树林中的食鱼动物佩奎姆，有可能的话向他开枪。的确，纽厄尔发出邀请的原因

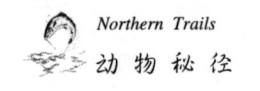

可能是看到了我的步枪和腰带上那把闪闪发光的斧头。

那只食鱼动物显然非常敏感多疑，也很惊慌害怕，因为他走得很快，但他又诡计多端。纽厄尔向我保证，食鱼动物佩奎姆既不会发现他也不会闻到他的气味，也许他已经吃饱喝足了，现在打算躺下来睡个长觉，就像一只熊在大雪过后寻找冬日的巢穴一样，所以他在巧妙地制造踪迹，以便欺骗和误导任何试图找到他的人。这是我自己的理解，目前来说比较合理；但后来纽厄尔对这条弯曲的踪迹给出了一个与众不同的解释。

这条踪迹出现了反复，是因为食鱼动物佩奎姆又往回走了一段距离，然后向侧面一跳，跳进一个浓密的树丛里，将自己的新足迹隐藏了起来。一直在观察的纽厄尔对这个把戏已经司空见惯，所以就转到了一边，但他不止一次被欺骗了。接着，我们在雪地上只发现了一个脚印，而这条踪迹也突然停止了。然后，我们掉头在踪迹两侧搜索，直到我们再次找到了他的踪迹。

有两次，踪迹在一棵大树脚下消失了，食鱼动物佩奎姆爬上树枝，在头顶的树枝间奔跑。我们不得不绕了一大圈，寻找他跳下的地方，但他又跑到了其他地方。有一次，他在雪下挖了很远的地道，当我们发现这条踪迹时，他已经远远地偏向了一边，与他以前的踪迹形成了一个直角。我们跟随着他走了一英里又一英里，我早就放弃了击杀他

第三章　食鱼动物佩奎姆

的念头，而是一心想要解开食鱼动物佩奎姆为我们设置的谜语。在过去十分钟里越来越谨慎的纽厄尔突然停下来，手指着前面。当我悄悄地靠近他时，在踪迹消失的地方，没有任何洞穴或隐藏的原木的迹象，只有一个小洞，洞里已经积了一半的积雪，仿佛食鱼动物佩奎姆突然振翅飞走了一般。

"他在哪里？"我低声问道。"哦，我们找到他了，藏得真好。"纽厄尔笑着说，"食鱼动物佩奎姆认为自己愚弄了我这个印第安老人，他隐藏了自己的足迹。现在他以为自己安全了，于是睡着了。蠢货，我猜他这是在自欺欺人！蠢货！"

从五十英尺外一根倒下的原木顶部的一个大洞里，一条黑色条纹突然嗖的一声跳了出来，然后消失在一场暴风雪中。食鱼动物佩奎姆并没有从这个洞口进去，而是在视线之外挖了一条十或十五英尺的隧道，从被深雪和弯曲的常青树掩盖下的原木另一端钻了进去，真是个狡猾多端的家伙；因为任何接近这根半遮半掩原木的人都会看到上面有一个诱人的洞，但却没有发现通往洞口的足迹，因此自然会得出结论，洞穴是空的。如果我们早到一个小时的话，我们就会发现他在酣然大睡，但我们一直在对他穷追不舍。

他刚在雪下温暖的巢穴里安顿下来，我们的接近就把他吓了一跳，于是他就从另一条弯曲的踪迹溜走了。一旦停下来，我们就会饱受"痛苦的折磨"；因为北方森林的寒冷正在肆虐，当你停止活动的那一刻，大自然就会让你全身上下前所未有地叫嚣着热量和食物。下午晚些时候，我们沿着这条崭新的踪迹跟随着他兜兜转转，来到了一个地方，他就是从那里毫无戒备地跳到了旁

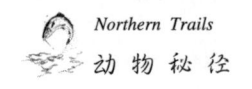

边一片稠密的冷杉丛中的,而且踪迹就在那里消失了,仿佛大地张开嘴巴将食鱼动物佩奎姆吞下了一般;但就在一个长长的土丘的旁边,我们看到了一根倒下的原木埋在雪地里,我们知道我们会发现他在那里熟睡。

我解下闪亮的斧头,小心翼翼地移动到原木较细的一端,而纽厄尔则蹲在原木粗大的一端,开始用雪鞋铲雪。我这端的原木很结实;在我把雪铲光之后,我在树壳里只发现了一个洞,这个洞几乎不足以容纳一只松鼠。与此同时,纽厄尔把一根杆子插进了空心而粗大的一端,突然杆子被用力地抓住了,几乎挣脱了纽厄尔的手。随着一阵猛烈的咆哮和一声低沉的抓挠,我们知道终于到达了踪迹的尽头。老印第安人又不慌不忙地砍了十几根木杆,而我则负责看守;纽厄尔把木杆紧紧地塞进了原木空心而粗大的一端。接着,松鼠般大小的洞穴就扩大了,我瞥见了光滑的皮毛,食鱼动物佩奎姆冲向他的进口处,结果发现它被严严实实地堵上了。然后,纽厄尔用木桩钉入到木头下面的朽木上,将松鼠般大小的洞封闭起来,食鱼动物佩奎姆在只有大约六英尺长的空心壳里暴跳如雷、横冲直撞。就这样,食鱼动物佩奎姆被抓住了。

我承认,我很乐意在这里停留下来;因为看到任何被困的动物,无论多么凶猛,总能唤起我打破他的枷锁,让他重获自由的渴望,因为他天生只知道自由自在。但纽厄尔却没有这种顾

第三章 食鱼动物佩奎姆

虑，因为眼前是一件价值八美元的优质毛皮，而且他的貂皮陷阱已被食鱼动物佩奎姆洗劫一空。当他在树壳顶部砍了一个长长的缺口时，印第安人眼中沉睡的火焰一看到猎物就燃烧起来，此时他的双眼开始闪闪发光；在逐个钉入木桩的过程中，他缓慢但肯定地将食鱼动物佩奎姆禁锢在一个空间里，只要斧头一击就可以完成这一切。

透过狭窄的缝隙，我可以看到食鱼动物佩奎姆；当他试探着开口时，他的眼睛闪闪发光，棕色的嘴角下的牙齿闪着白光，而且当斧头把他赶到一边时，他那粗壮的尾巴一扫而过。他一次又一次地猛烈地向我们袭来，因为食鱼动物佩奎姆不像狐狸和熊那样，知道你赢了的时候，就会安静地躺下认输，而他会跟你战斗到底。他可能是猎物杀手和陷阱抢劫犯，但陷阱充其量只是个残酷的装置，而抢劫陷阱的动物只是在拯救一些无辜的生命，使其免受痛苦，他并不会意识到这一点。此时，他就在眼前，木桩的影子终于变成了坚实的牢笼，人类的智慧超越了他无比的狡猾。坚硬的外壳将他牢牢固定住，而叮叮当当的敲击越来越近，木桩将他禁锢在里面，他没有任何逃脱的机会；但是，他抓住生命不放，要求拥有生命，并为生命而战，而且挑衅地向我们咆哮着，似乎在宣称他的生命是他自己的，我们绝不能夺走他的生命。这是一种庄严的呼吁，不能轻易做出回应。

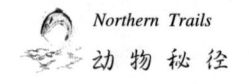

"再也跑不了！"印第安人一边不停地挥动着斧头，一边咕哝道："狡猾的东西，食鱼动物佩奎姆死了才算了事；他骗了我两次，在树上的时候他只是在装死。食鱼动物佩奎姆诡计多端，他不会轻易束手就擒的，把枪拿来。"但是没有用枪的必要了，我也不想看到结局。在短暂的暮色降临到树林之前，我们抚摸着那件华丽的皮毛，赞叹不绝，最后，我们迅速朝河边的小狩猎营地走去，食鱼动物佩奎姆的黑色皮毛柔软而温暖地垂在印第安人的双肩之间。

第四章　狡猾者的痕迹

那天晚上，在河边一个破旧的小狩猎营帐里，白桦木在石炉上闪闪发光，最后一次唱着风儿曾教给它们的歌，老纽厄尔回答了我关于我们抓到的那个食鱼动物的问题，并且还跟我讲述了他孤独的捕猎生活以及他走过的许多踪迹。在纽厄尔熟练的手法下，佩奎姆光滑的皮毛变了样，逐渐出现在长长的雪松担架的最末端，最后在挂在外面的一排貂皮、狐狸皮和水獭皮中占有了一席之地，而且他的身体被柴火熏得芳香四溢；同时，他在转来转去，呼吸着悄悄地从棚屋的两侧吹来的森林里的最后一丝风儿。

最让我迷惑不解、饶有兴趣的是，老纽厄尔自信地宣称，那天早上，佩奎姆既没有看到他，也没有让他感到不安，他只是感觉到有一个敌人在跟踪自己，于是就开始在树枝间来回走动，以便让敌人辨不清他的踪迹。

我认为这只是一种防御措施，就像熊在冬天打洞之前采取的措施一样。"现在我告诉你，"他诚恳地回答我的推测，"跟所有的动物都一样，食鱼动物佩奎姆会莫名地知道所有的事情。如果你看到了这种动物，他一点也不会害怕。他不会去观察，不会去倾听，也不会去闻一闻任何异样，一切如常；他会继续进食、玩耍，非常从容镇定。现在你拿着枪，跟随着他的踪迹，他会停住脚步，摇着耳朵，嗅来嗅去、东张西望，但没有看见，没有听见，也没有闻见任何异样。然而，他还是感到害怕，然后逃跑了。茂密的树林里有很多这样的黑猫，你自己可以去跟随着观察一下。"

森林里到处都会遇到的一个古老的问题——在老纽厄尔自己的狩猎经历和伐木工人的亲身经历中，未知的第六感，或危机感，有时会在无法感知的情况下向动物发出警告，这似乎暗示着动物之间的一种无声的心理交流。从那以后，我几次追踪过食鱼动物佩奎姆的踪迹，并且了解了他的狩猎情况；每一次，我都找到了很多证据，证明了印第安人的结论是正确的。当食鱼动物佩奎姆杀死一只大动物并狼吞虎咽地独自吃下后，仅走出一两英里（通常比这要短得多），就草草地弄乱自己的踪迹，然后就隐藏起来睡觉了。此时，静静地跟随他，你会看到他消失在雪地里，而在远处的某个地方，你会发现食鱼动物佩奎姆就睡在一根空心的原木里。

第四章 狡猾者的痕迹

但是如果你找到了他又进行捕猎的新踪迹,并在他睡下之前迅速进行追踪,那么其实在你的任何视线、声音或气味都可能越过山丘(狡猾的他就是在这里的雪地里隐藏了自己的踪迹)之前,他早就在你的前方弄乱了自己的踪迹,并挖起了地道。

有一次,老纽厄尔沿着一条新的踪迹追踪,对食鱼动物佩奎姆的狡猾有了一种与众不同的体验。去年夏天,当我在卡塔丁山下的格拉西池塘岸边发现了一只食鱼动物的踪迹时,我的向导主动告诉我,去年春天,他被困于苏尔达洪克山脉中时也亲眼目睹了类似的事情。纽厄尔找到了食鱼动物佩奎姆杀死一只鹿的地方,并沿着他半小时前留下的踪迹,穿过了前一夜大雪降落形成的松软的雪地。纽厄尔穿着雪地鞋走了一英里又一英里,穿过沼泽,翻过山丘,对食鱼动物佩奎姆紧追不舍,而佩奎姆在那狡猾的踪迹上,每次转弯后都会迅速放慢脚步,来回走动,又跳向一边,接着挖起了地道。食鱼动物佩奎姆已经疲惫不堪了。有两三次,纽厄尔清楚地看到了他的身影,但因为他拿的是一把旧枪,它的锁定器不能沾上雪,所以他不可能快速射击;猎物还在继续前行,每次转弯,都会留下一些新的错乱不堪的踪迹,这让老印第安人的眼睛无法辨清。下午晚些时候,这条踪迹突然从山脊转向一片雪松沼泽,而此前食鱼动物佩奎姆已经沿着山脊走了好几英里。

这里生活着很多鹿。春天的饥饿让鹿群走出了鹿场,到了清晨或下午晚些时候,当积雪硬到足以承受

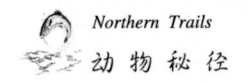

他们的重量时,他们就可以够到雪松树枝了;而在这之前,雪松树枝太高了,够不着。只要他们伸开双腿或轻轻地行走,冻结的积雪就会把他们支撑住;但第一次猛烈跳起时,他们都沉到了齐肩的位置,几乎无计可施。

穿越沼泽地的半途中,觅食的食鱼动物发现了一头大鹿,便径直向他跳去。留下的痕迹表明,这不是佩奎姆通常的狡猾狩猎,而是一次直接、快速的猛扑,可能还伴有凶猛的咆哮,这有助于他向前猛冲。雄鹿赫托克一惊,身体就陷进了积雪里。雄鹿又跳了十几下,随后无能为力地躺在那里。这时,食鱼动物佩奎姆跑到他的旁边,扑向他的喉咙,给他致命的一咬;而后,食鱼动物佩奎姆蹲在雪地里观察着,直到雄鹿一动不动,但他并没有停下来去吃鹿肉、喝鹿血,而是继续往前跑去。纽厄尔远远地落在后面,迷惑不解地走着,然而对这场速战速决的悲剧,他既没有看到,也没有听到任何声响,但半小时后,他就从雪地里读懂了一切。

食鱼动物佩奎姆径直悠然自得、漫不经心地回到了山上。他没有像往日那样隐藏自己的踪迹,而是直接钻进了第一眼就相中的空心原木里,躺下就睡觉了。纽厄尔在那里找到了佩奎姆,并毫不费事地把他用木桩揿牢,然后找了一个地方剥下了佩奎姆的皮毛,而且在那里纽厄尔能看到鹿僵硬地躺在雪地上;奇怪的是为什么食鱼动物佩奎姆会遭到捕杀呢?因为食鱼动物佩奎姆正在逃命,没有时间可以浪费。他已经猎杀了一只鹿,而且吃得大腹便便了,但如果有敌人在身后追赶的话,他会吐出一些所吃的东西,而不是吃更多的东西来增加自己的体重。事实上,在每一次

第四章 狡猾者的痕迹

杀戮或饱餐一顿后,当附近没有敌人时,食鱼动物佩奎姆通常会安静地躺在他的空心原木中,一连几天都昏昏欲睡。某种盲目的凶残也许可以解释食鱼动物佩奎姆杀死鹿的原因,但之后的粗心大意却让人迷惑不解。此外,与他们体形较小、嗜血的近亲黄鼠狼不同,食鱼动物佩奎姆和貂似乎都不是为了杀戮的欲望而杀戮,他们只有在饥饿时才会捕杀猎物,而且通常会回到捕杀的大型猎物旁边,将猎物吃得骨头都不剩,然后再去捕猎。这一切很快就在我脑海中一闪而过,印第安人在回答我的询问时,证实了我对食鱼动物一般习性的看法。随后我提出了最后一个问题:

"那么,食鱼动物佩奎姆究竟为什么又猎杀了一头鹿呢?"

"他为什么又猎杀了一头鹿?因为我这个印第安人饿了,这就是为什么他猎杀了那头鹿?"透过火光,我满眼狐疑地盯着他的眼睛。

"哦,你看,食鱼动物佩奎姆跟随着踪迹,就像我整天跟踪他们一样,对吧?因为他饥肠辘辘了,他想要吃肉。黑猫、狼以及所有的动物都是整天在雪地上跟随着踪迹,因为他们想要吃肉。很快,他就会杀死一头鹿,饱餐一顿后就躺下睡觉了,就不再去追随踪迹了。"

"现在我跟着食鱼动物佩奎姆,"纽厄尔郑重其事地继

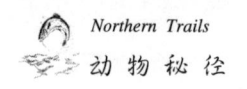

续说道,"就像他跟踪鹿一样。食鱼动物佩奎姆躲起来,跑了起来,爬上了树,躲到了雪下;其实他是在捉弄我,但我却穷追不舍,我穿过雪松林和沼泽地,爬上山坡,又跑到山坡另一边,无论食鱼动物佩奎姆去哪里,我都跟在他的身后。不久后,食鱼动物佩奎姆肯定认为我饿了,想要吃肉,但我却想吃掉他。于是,他就把鹿杀死了。他或许以为我会吃很多肉,不会再跟着他走了。"

这个解释虽然让人不可思议,但其中不无道理,我之所以这样认为,是因为我实在想不出其他解释了。几年后,当我询问缅因州导游如何理解他遇见的食鱼动物的行为时,他给出了完全相同的解释,尽管这两个事件发生在相距数百英里的两个不同国家,而且相隔十多年之久。他说,黑猫一定愚蠢地认为或感觉到,杀死一只鹿,而且一口未动,就可能万事大吉,避开了跟踪自己的敌人。因为食鱼动物佩奎姆虽然狡猾,但他脑袋里一次只能有一个主意;只要你让他保持这种状态,你就可以牢牢地抓住他。除此之外,没有别的理由能解释食鱼动物佩奎姆后来的粗心大意,对猎物一口未动,而是躺在第一眼相中的窝里睡觉。

我和印第安人纽厄尔共住的时候,我和他一起去布置陷阱,或者独自沿着弯曲的踪迹在树林中漫步;几天后,发生了一件奇怪的事情。纽厄尔有一条长长的貂皮陷阱引线,他

第四章　狡猾者的痕迹

声称这条线能沿着山脊延伸十英里，再穿过河流，最后从另一边返回。引线低的一端在一间简陋的小木屋里，如果夜晚来临或遭到突如其来的暴风雨的袭击，我们可以去那座木屋里躲避。

这些陷阱是用木桩、石板或石头做成的小围栏，沿着山脊每隔一段距离分散开来，围栏里有鱼饵或肉饵；在狭窄的入口上方斜放着一根放在扳机上的重木头，当一只动物进入并抓住诱饵时，重木头就会迅速落下，砸断他的背部。当纽厄尔去查看陷阱时，他经常会拖着一根绳子，绳子上拴着几只剥了皮的麝鼠，他把绳子拖在身后，从一个陷阱拖到另一个陷阱，留下香味。这样，任何遇见这条踪迹的貂都会转身跟随它，径直进入其中的一个陷阱。

一天，一个大食鱼动物撞到了引线，把围栏弄得乱七八糟。食鱼动物佩奎姆要么把围栏撕开了，要么巧妙地从后面进去了，并安全地弹起致命的机关，然后悠闲地吃着诱饵。十几个陷阱就这样被毁掉了，一只被捕获的珍贵的貂连同诱饵也被吃掉了。这种情况持续了将近一个月。几乎不到一天的工夫，食鱼动物佩奎姆就在某处找到了引线，他毁坏了围栏和难得的貂皮，直到吃饱喝足，并且巧妙地避开了纽厄尔在引线旁边设置的抓捕他的每一个机关和装置。跟随他的踪迹是没有用的，因为，除非他吃饱喝足、酣然大睡，否则人们可能宁愿去撞倒一头驯鹿，也不愿带着捕获的念头去追逐一只完全清醒的食鱼动物。

在我的建议

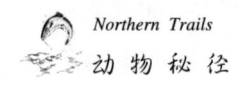

下，纽厄尔使用了他准备抓捕水獭用的五个较大的钢制陷阱。我们设想有一天能智取食鱼动物佩奎姆，让他认为他对我们的装置已经了如指掌。我们在引线途经的、一个大食鱼动物最常来的地方，连续从三个致命机关上取下了扳机，然后把原木牢牢地支撑起来，以免它们掉下来。这些围栏的强度加倍了，连食鱼动物佩奎姆也无法摧毁它们；而且在每个围栏的入口处，我们都放置了一个覆盖着雪的钢制陷阱。露在外面的两个陷阱的扳机是弹起的，没有伤害性，但中间的一个陷阱已经张开了钳夹，准备开始抓捕；然后我们还设置了一次新的拖曳，将三个陷阱连接起来，并向两侧各延伸出半英里。我想食鱼动物佩奎姆会先发现一个外面的陷阱，他会小心翼翼地戳一戳，确定它没有伤害性后就直奔下一个陷阱。

沿着引线，我们继续尝试了另一种装置。在一个空心树桩的中心，我们插了一根木杆，上面晃动着一只刚捕杀的兔子。之后，我们在那个木桩周围打了一排篱笆桩，木桩的顶端削得尖尖的，并将尖端朝外。这样，除了通过周围围栏的一个入口外，食鱼动物佩奎姆无法接触到那块木桩。我们在入口处设置了一个钢制陷阱，并谨慎地用雪覆盖好；但是在木桩顶部的凹陷处，还隐藏着另一个钳夹张开的陷阱，随时恭候着食鱼动物佩奎姆来拉动杆子拿走他的战利品。那天夜里下了一场小雪，掩盖了我们工作的每一处痕迹。

两天后，在雪地里上演了有趣的一幕。食鱼动物佩奎姆一直沿着引线走到第一个钢制陷阱，他立刻明白了这是新的陷阱。他绕着围栏转了十几圈，用鼻子和眼睛试探着每一个缝隙。然后，

第四章 狡猾者的痕迹

他来到入口处,非常谨慎地刮去积雪,直到毫无伤害的陷阱裸露出来。他先是小心翼翼地试探着,用爪子轻轻地敲着、戳着,随后越来越粗暴,在锁链末端猛拉、猛戳,但是没有发现任何异常,自己也没有受到任何伤害。于是,他径直走过陷阱,吃下了恭候他的美味诱饵。接着,他昂首阔步地走向下一个陷阱,这个陷阱并非没有伤害性,但是他自以为已经对这一切了如指掌了,径直走进了陷阱。我们在附近发现了他,在岩石间的一个窝点的入口处,木桩牢牢地将他困住了。

在我离开树林很久之后,纽厄尔告诉我,他在空心树桩的顶部抓到了另一只食鱼动物。食鱼动物佩奎姆一直拨弄着这个未设置好的陷阱,直到他确定它没有伤害性;然后,他杀死鹿后漫不经心地想去睡觉时,他不假思索地爬上了树桩。显然,他根本没有想到可能会有另一个陷阱在恭候他。

但是,我可以怡然自得地独自在树林中漫步,避开引线,沿着食鱼动物佩奎姆的足迹,看看他捕获的猎物和就寝之地,这会比诱捕他更加有趣;在晚上,我坐在吱吱燃烧的白桦木之前,与纽厄尔开怀畅谈,倾听他为我答疑解惑。

与大多数野生动物不同的是,食鱼动物佩奎姆似乎不会跟自己的孩子们一起过冬。母鹿通常会让幼鹿在她身边待到第二年春天,为他们在大雪中开辟一条道路,把他们带到最好的觅食地点,保护他们远离危险,并身体力行,教会他们鹿必须知道的知识;悲哀的是,如果母鹿在秋天遭到了猎

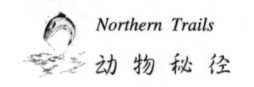

杀，她的幼鹿度过严冬的概率就非常渺茫，除非有时候幼鹿会跟随另一头母鹿，并跟着她四处游荡。即使猞猁阿普威克斯也经常会把眼睛又大又圆的凶猛幼崽留在身边，在漫长的冬天，当食物匮乏时，教他们如何狩猎，如何敲打灌木丛。但是，像所有对幼崽感情淡薄的黄鼠狼种群一样，食鱼动物佩奎姆在秋天带着幼崽四处游荡了一段时间后，就会让他们四处流浪了；后来，幼崽们靠本能和快速积累的智慧让自己成长起来。

然而，在饥肠辘辘的日子里，本性的狡猾就会战胜对幼崽的感情。母亲可能会把幼崽们赶走，但他们知道母亲的踪迹，每当他们需要食物时就会远远地跟着母亲。初冬，尽管他们当时对世界知之甚少，很容易陷入陷阱，但他们独自生活得很好；当春天来临时，小型猎物稀少，而且他们既没有熟练的技能，也没有足够的力量来对付鹿，所以他们就会依赖长辈的技能和慷慨分享。有时，他们会找到自己的母亲，但通常情况下，像浣熊穆威苏克一样，食鱼动物佩奎姆对自己的同类也有温和的一面，他们会沿着他们遇见的第一条大食鱼动物的足迹前行，并连续几天跟随着他，捡食他吃饱喝足后留下的猎物骨头。

比这些食鱼动物幼崽清晰踪迹更有趣的是那些跟随食鱼动物佩奎姆的狐狸。狐狸总感到很饿，到了春天，当他们饥肠辘辘的时

第四章 狡猾者的痕迹

候,如果食鱼动物佩奎姆开始在坚硬的积雪上猎鹿,那么就会有两三只狐狸出没在一只大食鱼动物的踪迹上,而且会依靠他捕杀的猎物生活数周。食鱼动物佩奎姆很少掩盖或隐藏他的猎物,但如果是小型猎物,而且周围没有人类的干扰,他经常会躺在距离猎物最近的一块木头里,以便从藏身处冲出来赶走那些跟踪者;因为到早晨时,跟踪者会将他的猎物吃得连一根骨头也不剩。

偶尔在雪地里,你可能会看出他监视和警戒的情节,而且有时还会出现稀奇古怪的事情。他刚吃饱喝足,困得打了个哈欠,接着就有一个跟踪者来到他的踪迹上分享"盛宴"。如果是另一只同类,食鱼动物佩奎姆吃饱后就会袖手旁观,不做丝毫阻止;因为这个饥饿的乞丐是一只年幼的同类,还不能为自己觅食。成年的食鱼动物是独居的,各自在广阔的领地上狩猎,除了猎物匮乏的时候,他们几乎不会涉足任何其他食鱼动物的狩猎场;但年幼的同类还没有找到自己的领地,所以随意地跟随着踪迹游荡。如果有自己的同类跟随着自己的足迹,那么佩奎姆就会意识到这一点,并毫不吝啬地把残羹冷炙留给饥饿的亲人。

当狐狸出现时,情景就会截然不同了。食鱼动物佩奎姆刚吃到一半时,狐狸们就会沿着他的踪迹小跑而来;他们会蹲在尾巴上,垂涎欲滴地围坐在食鱼动物佩奎姆的周围。

狐狸们皱着尖尖的鼻

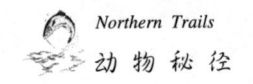

子，闻着空气中的香味；他们张着大口，垂涎地打着哈欠，露出红色的牙龈和锋利的白牙。哦，不！他们不是乞丐，他们是瘦骨嶙峋、脚步轻盈的强盗；他们跟乌鸦和驼鹿鸟一起跟随着食鱼动物佩奎姆，就像海上一群饥饿的小鱼总是跟随着鲨鱼一样。他们是"盛宴"的分享者，是来自岔路和树篱的访客，每一丝气味都是对他们发出的"邀请"。他们一言不发，但是坐在宴会主人后面的一只狐狸暗示性地张开了嘴巴，其他狐狸则在食鱼动物佩奎姆面前来回走动着，打着大大的哈欠，礼貌地提醒他快点吃，这样他们才能开始真正的"盛宴"。

看到这些饥肠辘辘、呵欠连连、令人气愤的家伙，食鱼动物佩奎姆就像被人戳了一棍子一样，顿时火冒三丈。他扑向了距离最近的狐狸埃列莫斯，并想将他消灭，但狐狸埃列莫斯却转过身，飘然穿过了树林，仿佛微风在身后吹拂他一般。食鱼动物佩奎姆拼命地迈着他的小短腿去追赶，但他却永远无法接近在自己面前飘来飘去的白色毛发尖；最糟糕的是，狐狸埃列莫斯似乎毫不费力，而且一边蹦蹦跳跳着，一边回头看着他。最终，食鱼动物佩奎姆转过身来，在雪地里狂奔，速度远比他来时更快；因为其他狐狸已经在分享他的猎物了，他们撕扯着猎物，然后塞进又大又饿的嘴里。食鱼动物佩奎姆把狐狸们像糠秕一样驱赶得四分五散，而且把其中一只追赶到沼泽里去了；这样，第一只被追赶的狐狸趁机溜了回来，加入了其他狐狸的行列，吃到了一口肉。随后，食鱼动物佩奎姆飞奔而归，坐在他的鹿上，筋疲力尽地向不速之客吐着口水。

他不再追赶狐狸了，而是大吃大喝起来，而狐狸们则围坐在

第四章　狡猾者的痕迹

佩奎姆勃然大怒

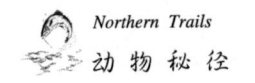

他的周围打着哈欠。现在只要能吃上一口，他们再等一会儿也无妨。他们从来不会静止不动，而是围着"餐桌"四处走动。吃饱喝足后，食鱼动物佩奎姆没有完全决定该干什么。他已经昏昏欲睡了，于是躺在了鹿的身上，但是躲藏的老习惯强烈地驱使着他，所以他想找一根空心的木头。他不能在原地睡觉，但是如果他离开了，狐狸们就会贪婪地扑到他的猎物上，当他再次回来时，自己的战利品肯定会荡然无存。最后，食鱼动物佩奎姆狡猾地往后退去，当他被一丛灌木遮盖起来后，狐狸们就一哄而上，撕扯着他的猎物，突然他又冲了回来，像旋风一样驱散了狐狸们。

这部小喜剧反复上演着，每个演员都在雪地里留下了自己的痕迹，供你的眼睛去解读。但结局总是一样的。食鱼动物佩奎姆极不情愿地放弃了他的猎物，蜷缩着身体在空心原木里睡觉了。一开始他睡得很不安稳，就像心事重重的人一样；在他安稳地睡着之前，他必须起来一两次，去驱赶狐狸们。这时，狐狸们已经吃饱喝足，现在正带着部分食物，想要把它藏在树林里。

也许正是因为想到了这些饥饿的盗贼——狐狸肚子饿了的时候也会去偷盗，才导致食鱼动物佩奎姆在身后留下了一个奇怪的标志，宣示着自己的所有权。有一次，我发现他杀死了一只豪猪，而且大部分都没有吃掉。他没有掩盖或隐藏自己的猎物，而是在不远

第四章　狡猾者的痕迹

的地方制造了一圈踪迹，即绕着猎物转了五六圈，在雪地里留下了尽可能多的清晰边界线。当时，我的第一个想法是，而且我现在仍然认为：食鱼动物佩奎姆那时仍然比较年幼，那是他给任何可能发现他的猎物的跟踪者留下的警告。当我发现他制造的警告时，只有一对驼鹿鸟对它视而不见，但我当时并不知道食鱼动物佩奎姆进食后有嗜睡的习惯，可能他就在附近的某个地方，在一根空心的木头里打瞌睡，而他制造一圈狡猾的痕迹是为了隐藏自己的踪迹，并迷惑任何试图找他的人类。

在猎杀豪猪而不伤及自身的过程中，食鱼动物佩奎姆的狡猾表现得淋漓尽致。豪猪乌克·旺克是荒野中的一个未解之谜，他非常愚蠢，却又非常小心地避开了所有其他生物的伤害和饥饿。他总是肥头大耳，但狡猾而强大的野兽却在忍饥挨饿；他的尖刺盔甲通常能完美地保护他免受野兽的攻击。有时，当狐狸、猞猁或大猫头鹰饥饿难耐，再不进食就会死去时，他们就会向豪猪发出攻击；但触摸到他身上任何地方的巨大栗色芒刺，他们就会满嘴都是毛刺，而芒刺后面是灵活的尾巴，随时准备把折磨人的无数倒刺刺入攻击者的体内。只有食鱼动物佩奎姆知道不伤及自己的攻击的秘密；每当饥饿难耐，又找不到更好的猎物时，他就会猎杀豪猪。猎人拿走了食鱼动物佩奎姆的皮毛，但却很少能找到任何深埋在皮毛里、象征这些遭遇的毛刺；而深冬的狐狸和猞猁的毛皮上往往非常清楚地表明：他们想方设法填饱肚子的时候，是如何受到惩罚的。

有一天，深雪中一条奇怪的踪迹引导我找到了食鱼动物佩奎姆成功的秘诀。当他发现了一条笨拙的豪猪留下的踪迹时，就会

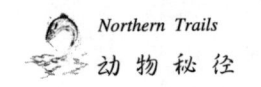

迅速追上去，并在豪猪乌克·旺克爬上树而逃脱攻击之前，向他扑去。就连食鱼动物佩奎姆也不敢沿着树枝前行，让自己的脸暴露在乌克·旺克的尾巴的击打范围内。痕迹显示，豪猪按照自己的习惯，迅速把他的前额顶在一棵树上以保护他的脸部，然后站在那里，竖起全身的毛刺，抵挡任何东西的触碰。

食鱼动物佩奎姆迅速地在他的猎物后面盘旋，之后一头扎进雪地里，消失不见了。在豪猪乌克·旺克致命的尾巴、脚以及身体的下方，他挖了一个隧道；随后把他的鼻子从豪猪喉咙下方的雪地里伸出来，紧紧抓住他。豪猪受伤时从不挣扎，但会竖着尖刺防守着，直到死去。食鱼动物佩奎姆在雪地里只露出嘴角，所以带刺的、迅速击打的尾巴无法触及他；他只是牢牢地抓住豪猪的喉咙，直到豪猪紧张的肌肉放松了痉挛性的拖拉，最后静静地躺着一动也不动了。然后，食鱼动物佩奎姆从雪下面钻了出来，沿着没有毛刺的豪猪下侧小心翼翼地撕开了自己的猎物，吃饱后就一声不响地走了，把那些带有荆棘和一些不太好咬的部分留给任何可能跟随他的踪迹来分享盛宴的饥饿的游荡者。

此后有一次，一位向导告诉我，他沿着一只黑猫（食鱼动物佩奎姆）的足迹，找到了他袭击豪猪的地方；他从豪猪下面挖地

第四章 狍獾者的痕迹

道,并抓住了豪猪的喉咙,而他自己的身体在雪地下安然无恙。于是,我确信这种捕猎方式比较常见,如果有人愿意耐心地跟踪食鱼动物佩奎姆的狍獾踪迹,肯定会再次目睹这一过程。随着食鱼动物佩奎姆数量的增加,鹿就会越来越少,因为他们很容易在冻结的积雪上将鹿杀死;僵硬雪地上的鹿和"聪明"的豪猪无疑解释了为什么食鱼动物佩奎姆即使在食物匮乏的三月也常常会大腹便便,以及为什么他可以鼓着肚皮、暖暖和和地一次睡上好几天,但体形较大或速度较快的动物必须整夜在贫瘠的树林中游荡。

在追踪狍獾的食鱼动物佩奎姆的过程中,我还看到或读到了许多其他知识;当纽厄尔沿着他孤独的引线前行时,邓加文河岸上的小狩猎营房在黄昏中热烈欢迎着疲惫的猎人。那是一段美好的日子。沿着踪迹毫无顾忌地狩猎是迄今为止最让我欣喜若狂的事情,而且雪地会给我讲述发生的一切。但是,所有的好时光都会过去,同样这段日子并没有持续很长时间。因为要回去工作了,所以我不得不离开了;我想,孤独的老印第安人有时可能会想念他那古怪的狩猎伙伴,因为他曾经出去寻找驯鹿,却把步枪留在家里,而他却总是能在夜幕降临时心满意足地返回。

小狩猎营房的门现在敞开着,里面只有老鼠和松鼠。纽厄尔在很远的地方,跟随着其他的踪迹。曾经为我们吟唱树林之歌的白桦木现在已经灰飞烟灭,风

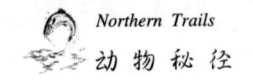

儿又把它们撒向了树林,但食鱼动物佩奎姆的皮毛仍然光滑、柔软、温暖,围绕着一个小女孩的手指卷成了一条大围巾。寒风撩拨着佩奎姆的皮毛,它立刻苏醒了过来,闪烁着光芒,不安地颤抖着,仿佛听到自己的踪迹上响起了脚步声。当你把脸埋在食鱼动物佩奎姆的皮毛里面取暖时,就像他睡觉时的样子,就会闻到一股淡淡的木香,这会让人想起冷杉的香脂和白桦木的烟雾,以及静止不动的白茫茫的树林,还有弯曲的踪迹尽头积雪下那温暖的空心原木。

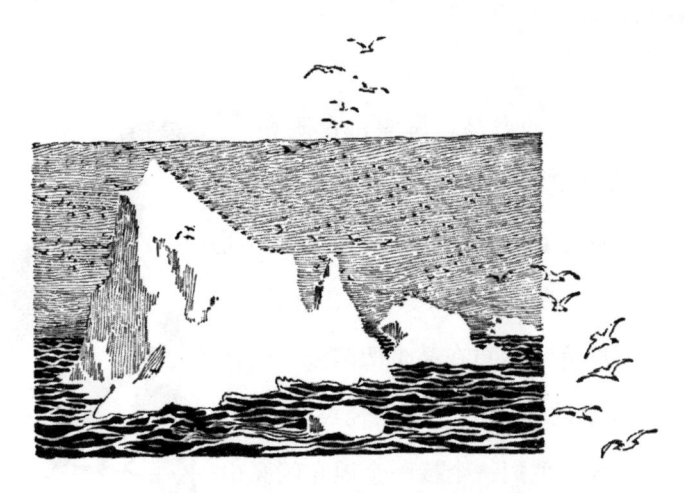

第五章　大海的深处

太阳灿烂地落在荒凉的西方岬角后面，我们的小帆船绕过古斯海角，用艏三角帆①向浮冰上一排肃穆的海豹点头道晚安，然后缓缓地驶入寂静而广阔的海湾，前往夜间的停泊处。

在我们和未知水域之间耸立着冰山，一些冰山稳稳地停在一百英寻②范围内，另一些则在缓慢的水流中威严地漂浮着，长长的海浪拍打着宽阔的绿色冰架，奔腾而过，在深邃的岩洞中发出轰隆隆的雷鸣声。那些冰山就像一排强大的哨兵一样，从梅登狭长海湾中的黑色岩石一直延伸到布勒海湾的高耸悬崖，赫然横在我们的航线前方，阻止了任何人前往远方荒凉的陆地和水域。在冰山闪闪发光的一面，每一个缝隙和巨大的凹陷处都流光溢彩，而且夕阳洒在它们闪亮的尖峰上，迸射出难以名状的壮丽光辉。

---

① 一种挂在前桅上的三角帆。
② 英寻为海洋测量中的深度单位，每英寻合 6 英尺或 1.828 米。

Northern Trails
动物秘径

成百上千的海鸟、海鸥、企鹅和"黑色的剪水鹱①"以及深海中不知名的食鱼动物,折起了因一整天的飞行而疲惫不堪的巨大翅膀,在冰山上安顿下来。在这里,他们密密麻麻地聚集在某个凹陷处,就像依偎在母亲的肩膀上,彼此轻声交谈着;更多的时候,他们一个接一个地在闪亮山脊的最顶端排成一排,像精致的乌木雕刻品一样,在崎岖不平的冰山顶线上显得格外显眼。在整个壮观的景象中,我来回地扫视着岩石峭壁、冰山、无边无际的大海和熊熊燃烧的天空,最后停留在夕阳映衬下的一些小点上。耳朵听不到冰块坠落的撞击声,也听不到大海翻腾的咆哮声,更听不到岩洞中海浪拍打的回响,只听见一种低沉的啼啭,犹如鸟儿在睡梦中轻柔的呢喃,在无边的孤寂中象征着生命和生活的快乐。

我们再放眼看去,"野鸭号"在冰山间找到一个安全的开口,然后慢慢地消失了。这时,在我们身后,暮色悄悄地笼罩上了大海边缘;在我们面前,夕阳、冰块和五光十色的海面在向我们招手,但刺眼的光芒又让我们望而生畏。我们周围是一片无边、深邃、触手可及的寂静,这是一种尘封已久的沉寂,海鸟的叽叽喳喳声因它戛然而止,而远处浅滩上汹涌海浪的拍打声和近处冰洞里翻滚的轰隆声让这种寂静更加深沉、更加浓烈。接着,万籁寂

---

① 剪水鹱属鹱形目,鹱科,体呈黄褐色,嘴较细,体长35~65厘米,与同属于鹱形目的海燕有亲缘关系,所以也有人称之为海燕或燕鹱。

第五章 大海的深处

静中传出了一声呻吟（相对此地的原始寂静来说非常可怕），在惊起的海面上隆隆作响，仿佛沉寂了不知多少年的深渊终于找到了声音，但却是痛苦的呻吟。

掌舵者是圣巴比斯的一位头发花白的老渔民，他已经饱经风霜，所以将华而不实的陷阱、风暴和烈日、咆哮的大海以及舒适海港的舒心休息看得风轻云淡；他一边快速地旋转着舵，一边像针刺一样迅速地扫视着大海。厨师乔从船艉楼上摔了下来，张着嘴趴在那里。

"那是什么，孩子？"他以纽芬兰渔民的语气问船长，但是船长只是摇了摇头，朝着声音的发源地望去。

"可能是布雷豪特浅滩上海浪的拍打声吧。"最后，掌舵者不确定地说。"是冰洞里的空气。"杰克附和道。但刚说完，低沉的声音又在我们耳边隆隆作响，我们所有人立刻知道声音源自某种生物。

印第安人突然指了指迎风的方向，从那里的海面冒出一股海水，像锅里的汤一样打着转，冒着气泡。一条巨大的鲸鱼冲出了水面，而且有什么东西从他旁边一闪而过；而后，又是一阵涌动，鲸鱼就不见了。但可怕的呻吟声又在我们耳边响起。就在那一刻，在极大好奇心的驱动下，我有失礼节地从头发花白的老渔民手中抢过舵，而他和诺埃尔则拽着主帆，船长则跳到了副帆上。厨师跑向船长的望远镜，

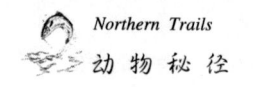

小"野鸭号"迎风旋转,用艚三角帆戳着鲸鱼消失的泡沫。

因为鲸鱼非常庞大,所以对弱小的人类可能会不屑一顾,而人类可能认为他没有通常的感知力。我们沿着西海岸,在狭小的空间里蜷曲着四肢,一路与潮汐、大风、雾气和冰块搏斗着,穿过海峡。我的朋友向横穿我们航线的鲸鱼射击来自娱自乐,就像向大象身上扔豌豆一样。由于我们几乎无法近距离地观察这些庞然大物,所以刺激一下他们也很有趣;当他们匆忙沉下去时,大海就像"锅一样沸腾着"。前桅杆上通常有一支连发步枪,我们有时会用它来给我们的鳕鱼和龙虾大餐添加一道菜,而且诺埃尔也可以用步枪猎杀年幼的海豹,以便获取他的油和皮毛。当我们的双桅船在风和潮水之间平稳地行驶了好几个小时后,我们已经疲惫不堪,又是一无所获的一天,但却发现了另一条从未涉足的鲑鱼河。突然,从河里传出嗖嗖声,就像四十辆火车头呼啸的声音,接着一个巨大的黑色背影从深海里一跃而出。顿时,我们都忘记了疲惫,都聚精会神地观察着,而且有人抓起了步枪,扫射着,但子弹无一例外地没有造成任何伤害,只是唤起了我们的精神头;因为巨大的黑背仍在缓慢地行进,起起落落,而子弹就像大黄蜂一样在他的航线上跳跃着、闪烁着,但从未击中闪亮的黑背。子弹用完后,诺埃尔只是平静地笑笑,然后又睡着了。

形态各异、大小不一的鲸鱼一直围绕在我们周围,但只有少数是我们熟悉的;其余的鲸鱼则沉入了无声的深渊,或者沿着自己无尽的足迹驶入雾中,就像陌生的轮船一样,不为人知、无姓无名。这时,一群嬉戏的海豚冲了过来,呼噜呼噜地咆哮着翻滚

第五章 大海的深处

而去，就像海水拍打海滩的低沉声；在疯狂的翻滚声中，每只海豚都活力四射地向空中扑去。一群不知名的小鲸鱼再次静静地聚集在渔船周围，就像许多好奇的蓝松鸦一样，窥视着、偷看着。随后，又来了一头流浪的露脊鲸，而后又来了一个高大无比的怪物，从他那巨大的身躯和喷水的高度（就像疾驰而过的特快列车）判断，他是一头蓝鲸，相比之下"野鸭号"看起来简直微不足道。有时一眼就能看到十几只庞然大物。还有一次，一只孤独的长须鲸笨重地跃过我们的船头，他总是独来独往，但显然与散布在20英里海域的其他同类保持着秘密的沟通；虽然我从未见过他们彼此靠近，但他们总是一起转向东方或西方，而且同时出现、同时消失，仿佛受到了同一种冲动的驱使。我对这些狂野的生物知之甚少，只能像水手一样，按照大小来区分他们。我一直观察了几个小时，希望能靠近其中一只，以便仔细地观察。与此同时，我的朋友和水手们正在迅速而毫无敌意地消耗着子弹。

有一天，当一只大鲸鱼从一个极深的海水里跃出了海面时，他的身躯向后倾斜，翻腾起响亮的水花，嗖的一声就把肺里的空气喷了出来，惊醒了七个熟睡的人类；我曾嘲笑其他人枪法不准，所以这次我不假思索地抓起步枪，在怪物还没落水之前，我快速地朝他开了一

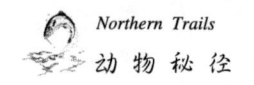

枪。钢壳子弹正好击中了他的后背,掠过海面,随后在海面上欢快地弹跳着,紧接着巨大的躯体消失了,速度快得让人不得不揉揉眼睛去追寻他的踪影,而周围的海面看起来就像一盆满是泡沫的肥皂水。"这只是,只是给他的脊梁骨挠痒痒!"船长喊道。但对我来说,至少有一个问题得到了有效解决:毫无疑问,鲸鱼是有感知力的。在剩下的旅程中,步枪一直放在船舱里,我们开始以一种不那么野蛮的兴趣对这些巨大的生物进行观察。

还有一天,黄昏临近时,当双桅船不急于到达停靠点时,我站在船头看着鱼群和盘旋的海鸥,这时一条鲸鱼破水而出,躺在海面上休息。在他周围有一些黑色的岩石,这些岩石随着潮水的退去才露了出来;有时候,这只庞然大物像一头巨大的海猪一样,悠闲地在粗糙的岩石表面上蹭着自己的皮肤,以摆脱附着在身上的藤壶,或者静静地躺在水面线上方的黑色岩石上,周围是漩涡起伏的潮水。这时,可能很容易将他误认为是一块岩石。一只大银鸥飞扑而来,由于吃得太多,他感觉沉重而困倦。当他看到那诱人的岩石时,他展开了宽大的翅膀,放下沉重的双脚降落下来。脚趾刚碰到巨大的背部时,猛地发出欧——欧的声响,而后闪现出飞快的旋动和泡沫的烟雾。鲸鱼不见了踪影;一只惊恐万状、完全清醒的海鸥跳了起来,弓着背

第五章 大海的深处

在空中翻滚着,欧——欧地叫着,似乎对自己刚才的着陆地点的消失惊诧不已。

这说明鲸鱼的感觉很灵敏,微妙到足以让庞大的背部感受到鸟儿脚趾的触碰。捕鲸人告诉我,鲸鱼在被刺杀时毫无知觉,所以我认为鲸鱼的神经肯定跟乡间的电线一样错综复杂。整个过程就像一只睡着的狼在树枝裂开或树叶掉落到耳朵附近时闪电般地跳起来一样。

有一天,当双桅船在海上航行时,我和诺埃尔一起跳上独木舟,划到近岸去看看鲱鱼船在做什么,并收集了一些用渔网带上来的稀奇古怪的、不认识的鱼。当我们在船中间移动时,我看到一头大鲸鱼悄悄地向我们靠近,他就像一只丛林狼接近住宿的营房一样谨慎。他到处捡拾着什么东西,然后再次向左或向右滑去,就像一只狐狸向鹌鹑的巢穴进发一样。当他靠近时,我看到他正在追赶从网中掉落的零零散散的鲱鱼;此时,随着潮水的漂流,鲱鱼漂浮到水面上了。大鲸鱼靠得越来越近,于是我们都停下来观看。巨大的躯体会轻轻地滑向漂浮在蓝色海面上的一个银点,他的大嘴巴张开,宽到足以吞下一个渔民,随后在一条小鲱鱼上方轻轻合拢。接下来,他会吞下自己的食物,然后,他慢慢后退,观察一会儿小船,再吃上一口。他总是侧着身子,以便像鸡一样用一只眼睛观察我们,似乎他无法直视正前

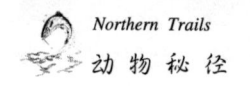

方。但是，他可以依赖其他的感官；捕鲸人告诉我们，当常用的感官失效时，那种难以名状的危机感在这个粗野的怪物身上表现得淋漓尽致。当他在追寻两三条鲱鱼的时候，我示意诺埃尔安静下来，并在船尾滑下一只船桨，开始轻轻地朝他划去。我的船头刚划过船线，他就从视线中消失了；当他再次出现时，已经游出很远了，径直奔向大海。

再往前走，开始进入海峡冰封的地段，这时出现了另一件奇怪的事情：尽管其中一些温血怪物生活在冰山中，但却不愿靠近哪怕是一小块浮冰。那里的水总是异常冰冷，这些庞然大物肯定会避而远之。更重要的是，尽管人们普遍认为他们非常愚蠢，但在照顾自己方面他们却表现出了一定的智慧。在西海岸，尤其是在强劲的南风的影响下，潮汐通常会在同一方向上持续几天而不会转向。这些庞然大物对此了如指掌，但许多船长却在雾中迷失了航向，因为他不知道这股稳定的向东流去的潮汐变化。这时，松散的冰块会漂移开来，这样鲸鱼就可以进入许多狭窄的海湾，以大量的浅滩鱼类为食。但是，当潮水终于转向，冰块又漂浮回来时，这些巨大的生物就离开了海湾，因为他们害怕被冰块困住，成为捕鲸人的猎物。虽然海湾里有十几头鲸鱼，而且相隔数英里，但他们通常会一起同时转身，就像接受命令一样，迅速驶向开阔的安全海面。

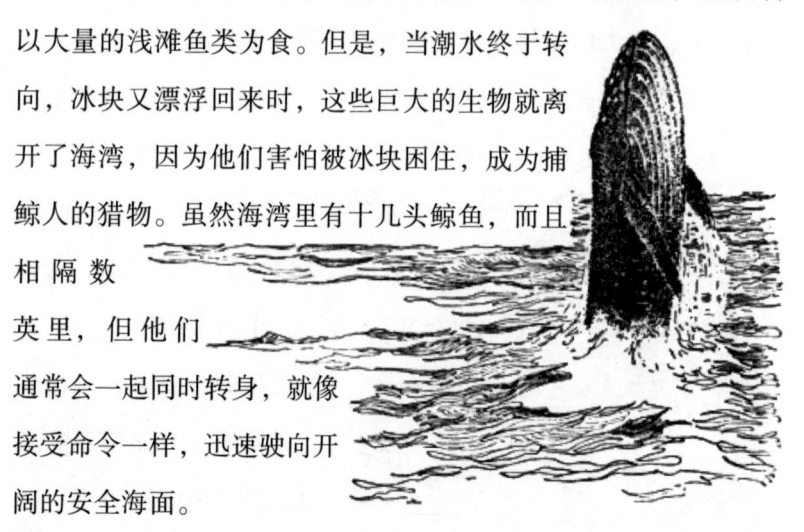

第五章 大海的深处

在海峡越来越窄、浮冰可能会完全挡住我们去路的地方，我们看到了那些庞然大物的另一种奇怪的防卫措施：他们会端端正正地直起身子，看起来就像一个巨大的黑色木桩，高出水面 10 或 15 英尺；他们从较近的浮冰上方远望前方，看海峡是否已被封锁。如果观察不尽如人意，他就会潜入深海，再以惊人的速度冲上来，把整个身体都冲出水面，以便迅速地看一看前方的航线是否通畅。

后来，我们终于绕过雾气弥漫、冰块密集的鲍德海角，向南驶去。有一天，我看到一头母鲸躺在海面上给幼崽喂奶；他们正在近岸休息，离我们的航线很近。在母鲸惊慌失措、一声不响地消失之前——就像一头母鹿带着笨拙的幼崽离去那样，我有极好的机会透过望远镜观察他们。令我惊讶的是，她并没有像其他母亲那样躺在那里昏昏欲睡——这对幼崽来说是致命的，而是有节奏地从一侧滚到另一侧；此时，她紧贴着幼崽的身体，把头抬到浪尖以上，将幼崽深深地埋在视线之外，以便幼崽在母亲丰盈的胸脯上贪婪地自由吮吸。当我们靠近时，听见一种微弱而低沉的咕哝声，我说不清楚到底是罕见的鲸鱼叫声，还是从气孔里传来的呼吸声，或者是以其他方式发出的声响，声音里满是深沉而毫无掩饰的柔情，就像母鲸以自己的方式对幼崽的呢喃。同时，这

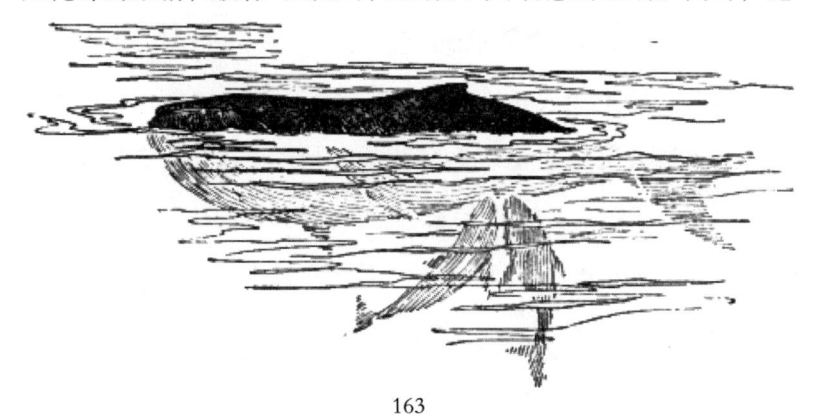

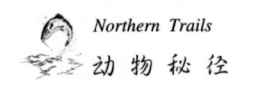

声响也告诉世人，在寒气逼人、冰雪覆盖的荒芜之地，生活也是美好的，因为爱从来不会缺席。的确，这些巨大的怪物对自己幼崽的温柔和罕见的关爱是他们最迷人的特性。

这是一种完全不同的情感；此时，当想到我们的猎物——这个庞然大物居然有某种东西与我们自己人类相似，我的心就有所触动。起初，我们的兴趣很大程度上是野蛮的，我们想用人类的恐惧来刺激这个庞然大物，看看他能多快地让自己的身影消失，就像海豚那油光发亮的闪现一样。随后我们进行了科学探讨，我们谈到了未分类的品种，希望能有所发现，并按照有无牙齿将他们大致分为齿鲸和须鲸，以及六个类属中比较常见的是巨型抹香鲸和虎鲸——

"那是什么鲸？"白发苍苍的老渔民忍不住问道。

"是一头虎鲸。"我告诉他说。"哦，"他回应道，"我想你不会为了记住他而丧命吧。"

因此，我们放弃了给这些深渊中的怪物命名的尝试，因为这些名字粗俗不堪，不适合科学领域；我们放下一艘小船，看看他们吃的是什么样的鱿鱼、小鱼或小软体动物，这让船员们欢喜雀跃。因为我们知道，在一些物种中，其中某种巨鲸的喉咙非常纤细，哪怕是一颗种子都会把他噎住。

很快，船上的人开始七嘴八舌地谈论起了鲸鱼。一位经验丰富的捕鲸人说起了鱼叉和龙涎香①，他还讲述了南塔基特号船只遭到一头正在战斗的老雄鲸的猛撞并被撞沉的故事。来自圣巴比斯的那位头发灰白的渔民讲述了他去年夏天见到的情景：当时

---

① 龙涎香是抹香鲸的分泌物，用以制作香料。

第五章　大海的深处

一具蜿蜒的长躯体跃出了水面

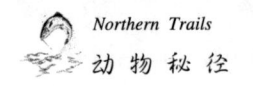

一条鲸鱼在风暴中误入了渔民的渔网阵里,他在陷阱里已经被困了三天;此刻,他把头伸进了一张网里,但被这奇怪的东西吓得缩了回去;然后,他冲出水面,想看看有没有出路,又缓慢地缩了回去,好像对自己的探索感到灰心丧气。最后,这头不知所措的长须鲸显然下定了决心,侥幸地冲出了陷阱,而旁边的整个船队都在无可奈何地咒骂着,因为十几个家庭的希望随之茫然地飘向了大海。但所有这些都已经烟消云散;现在,我们基于人性的兴趣,紧挨着站在双桅船的防风围栏旁,不管是学者还是渔民都想知道隐藏了什么样的悲伤或痛苦为水世界增添了新的声音。

鲸鱼又卷起了身子,这次离得更近了。他身旁出现了一个飞快的扭动,一具蜿蜒的长躯体跃出了水面,像钢制弹簧一样拉伸开来,向鲸鱼的头部猛烈地击去。"是长尾鲨!"船长兴奋地喊道。那怪物一跃而起,就像一根巨大的连枷,再次击打,低沉的咚咚声在海面上翻滚。我还没来得及看清楚所发生的一切,就有什么东西从下面袭击了鲸鱼;鲸鱼在一片泡沫中翻滚着,而大海本身似乎也在愤怒而痛苦地咆哮着。但是,我们不知道这奇怪的声音究竟是罕见鲸鱼的叫声,还是被击打的水的回响,还是从排气孔排出的大量空气的振动,因为除了当鲸鱼拼命搏斗时,渔民们也没有听到过这种声音。

鲸鱼不见了踪影,我们屏住呼吸看着他再次浮出了水面,这时,船长和老渔民回答了我突然提出的问题。是的,他们以前见过长尾鲨或狐鲨,有时还用渔网捕到过这种鲨鱼。有一次,当他

第五章 大海的深处

们在浅滩上钓鳕鱼时,他们看到三四头脱粒鲨[1]在与鲸鱼搏斗。船长说,包括用作进攻武器的长尾巴的上叶,脱粒鲨有12到20英尺长。学者从船舱里拿出了我们在一个拉布拉多渔民的小屋里发现的狐鲨头骨,这个头骨主要是一对长长的、尖尖的、凶恶的下颌骨,上面有一排带钩的象牙色獠牙,像捕熊器的钳夹一样咬合在一起。"肯定就是一头长尾鲨,"船长说,"他尾巴一甩,就会把嘴里的钳夹挖进鲸鱼或海豚的体内,随后再大咬一口,就会填饱肚子。看,他来了!"

鲸鱼从深水里向上猛冲,一直冲出了水面。当他跌落下来时,他身边也同样有飞快的扭动,同样有像弯曲的弹簧一样的跳跃,同样有沉重的击打和呻吟。然后,另一个东西出现了,像一束光一样飞速而来,用剑鱼长颌一样的獠牙划破了鲸鱼的身体。他的攻击力把鲸鱼带到了水面,所以我们清楚地看到了他的肩膀;当他转身潜入受害者下面时,我们捕捉到了他可怕武器上的闪光。长尾鲨从鲸鱼身上跃过,或者站在他的头上猛烈地击打;这时,鲸鱼的声音再次响起,他不停地转来转去,慌乱地寻找一个足够深的深渊来逃避敌人的鞭打和刺痛。

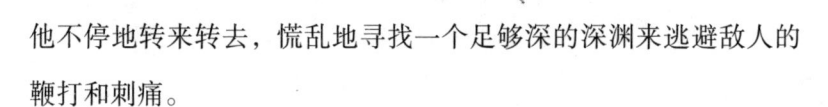

双桅船在淡淡的晚风中漂走了,残忍的悲剧的翻滚让它迅速

---

[1] 体长为12到20英尺(合3.66~6.1米,其中尾巴占了3米),重约600公斤,在鲨鱼中属于比较瘦弱的品种。

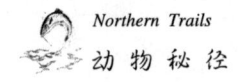

离去，但没有人会在意那场悲剧的结局。但有一点似乎很清楚：这两个同样奇怪的暴徒，即荒凉大海中的野蛮怪物，正在合力摧毁庞大而无助的受害者：长尾鲨用长鞭似的尾巴把鲸鱼击向剑鱼，剑鱼用尖尖的长颚又把他推给长尾鲨。谁也说不清是什么引发了这场搏斗以及最终的结局怎样。在船和黄昏的边缘之间，到处都会有突然的骚动、快速的运动和泡沫的漩涡。随着骚乱的平息，一声低沉的呻吟在海面上颤抖着。随后，他们进入了深海区，消失得无踪无影。

第六章　来自冰山的白熊马特沃克

　　一个春天的夜晚，巨大的北极熊马特沃克从北极的冰山上缓缓而下，于雾中降落在纽芬兰东海岸的小港口。

　　这座冰山起初似乎就是一个巨大的灾难。渔民们刚把他们的家人从树林间的冬季小屋里接回来，他们已经把船准备好，打算去适合钓鱼的地方捕捉几条新鲜的鳕鱼，以养家糊口。接着，浓雾袭来，在雾中，冰山不慎撞上了冰柱，仿佛在一千里格的海水与岩石之间已经没有任何空间。港口处水深两百英寻，大冰山轻轻地触底，但却产生了巨大的冲击力，使大量的冰块坠落到两边的黑色岩石上。这些冰块可能会停留一个月，或者在下一次涨潮时才会漂走。此时，渔民们像瓶子里的苍蝇一样无能为力，因为冰山堵住了港口，连一个平底船都不能进出。

　　当天，老托玛从远在内陆的狩猎营地赶回来了。他已经厌倦了吃河狸肉和吸食柳树皮，所以带了一些水獭皮来换取一点猪肉和烟草，除此之外，还要换几双暖和的长袜。岛上的居民就像迷

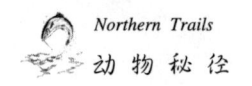

Northern Trails
动物秘径

路者期盼着清晨的到来一样盼望着商船的到来,但是商船还没有来,而渔民们已经食不果腹了。一个月来,他们只吃了一点鱼干和面团。狩猎是不可能的,因为他们的狗都死了,而且在冰山出现之前,年轻的渔民就已经带着他们的几支枪,乘坐一艘小双桅船沿着海岸猎捕海豹去了。托玛又带着他的水獭皮回到了自己的营地。

由于托玛现在身处异地,他首先爬上了附近最高的山头,以确定他的方位。在他看来,这座不慎闯入的冰山似乎是一个残酷的笑话,比他自身的笑话更残酷,因为他走了四十英里路,却没有换到猪肉、烟草或温暖的长袜。当一团悬垂的冰块砸在岩石上时,他正静静地注视着冰山。在一个深洞里有什么东西在响动,他那双锐利的眼睛看到了一只巨大的白熊站在山洞里;随着村庄的气味从港口飘进白熊饥饿的鼻孔里,他正上下摇晃着脑袋。

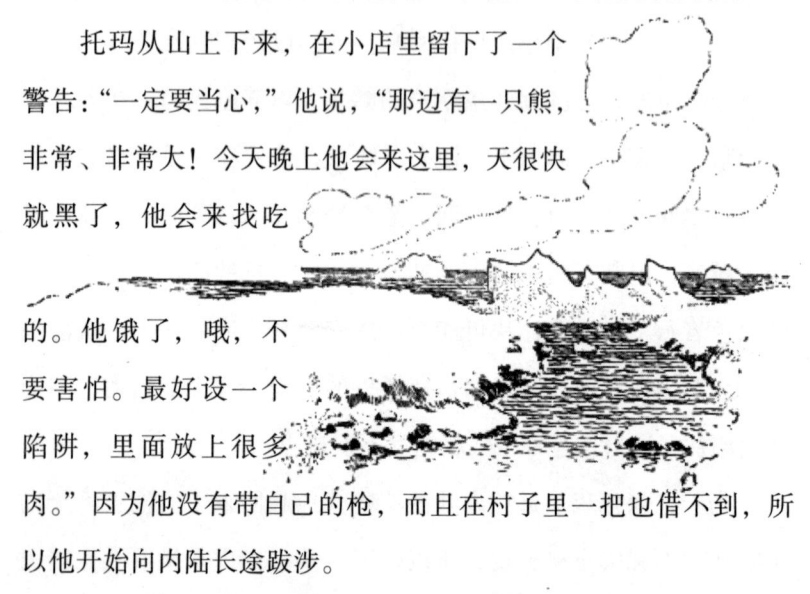

托玛从山上下来,在小店里留下了一个警告:"一定要当心,"他说,"那边有一只熊,非常、非常大!今天晚上他会来这里,天很快就黑了,他会来找吃的。他饿了,哦,不要害怕。最好设一个陷阱,里面放上很多肉。"因为他没有带自己的枪,而且在村子里一把也借不到,所以他开始向内陆长途跋涉。

正如托玛所说,天黑了,白熊马特沃克就从冰山上下来了,

第六章 来自冰山的白熊马特沃克

直奔村庄。一个月以来,他一直空着肚子在开阔的海面上漂流,因为海豹先是引诱他离开,直到他们之间相隔着50英里的开阔水域;然后海豹又回到了海岸,在岩石和浮冰上抚育自己的幼崽。与此同时,白熊马特沃克所依附的那座冰山,就像一个水手依附的漂浮的木桩一样,在雾气笼罩的海洋上稳步向南漂移,其底部在强大的水流中深达上千英尺。大部分时间里,他都在睡觉,因为只有恢复冬眠的习惯,才能保存体力;但当冰山搁浅时,从港口吹来的风把鱼和活物的气味带到了他的鼻孔里,他饥不择食地跳了起来。他从未见过人类,所以丝毫不感到害怕。他径直跟着鼻子的嗅觉快速移动,准备抓住前方的第一批食物,不管它们是死是活。

在村子的外围,他遇到了一个巨大的致命陷阱,这是男性村民们在托玛的建议下匆忙制作的,部分原因是为了得到肉,因为他们非常需要肉,但更多的是为了保护自己及孩子免受野蛮的夜行者的伤害。诱饵是用鳕钓线绑在一起的许多内脏、骨头和鱼皮;落木是一根大桅杆的残桩,被水浸泡过,像铅锤一样重,它是几年前从一艘沉船上漂上岸的。他们又用缆绳把岩石绑在上面,这样它就更加沉重了。白熊马特沃克迅速走进了围栏,抓起鱼饵,砰的一声!沉重的原木压在了他的肩上。

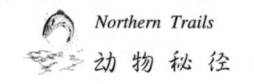

这个时候，如果是一只黑熊的话，他的背部肯定会被击中，他的脊椎也会因这可怕的一击像蛋壳一样碎掉，但是白熊马特沃克太庞大了，而围栏又那么狭窄。他怒吼一声，把原木扔到一边，把围栏撞得粉碎，随后径直冲进村子，用可怕的爪子把挡住去路的围栏和鱼片撕得粉碎。不止一个人在喧闹声中从床上跳下来，看到这个巨大的白色猛兽从门前经过，庆幸自己能在门内安然无恙。

白熊马特沃克回到了他在冰山上的洞穴，又气又恼，但这是他第一次光顾人类的住所，所以心里有一种奇怪的胆怯。落在他背上的是什么可恶的东西，他当然不知道，但他立刻就明白了，他不可能再像在了无人烟的广阔雪地上那样肆无忌惮地游荡了。他正在舔着他那件蓬松的白色外衣上被链条撕裂的伤口，这时，在冰洞里不断的波浪声和轰隆隆的海浪声中，一阵微弱的抓挠声和呼噜声传到了他敏感的耳朵里，所以他立刻溜出去查看。

在大冰山面向大海一侧的一个冰架上，两只又肥又重、吃饱喝足的雄海豹沐浴在初升的太阳下，躺在那里睡着觉，晒着太阳。一眼就能看出，大海豹选择的地点很好，除了他们刚出来的那片开阔海面，没有任何危险可以接近他们。他们对冰山本身没有任何恐惧，因为冰山远在他们身后100英尺处急速上升，一直升到闪闪发光的尖塔开始的地方，而且塔顶上有海鸟在停息。海豹在狭窄的冰架上舒舒服服地伸展着肥胖的身躯，看着宽阔的大海，在阳光下睡眼惺忪地眨着眼睛。

白熊马特沃克缓慢而谨慎地绕过冰山，沿着一个巨大的裂缝向上爬行，来到晒太阳的海豹上方的另一个冰架上。他的大脚上

第六章　来自冰山的白熊马特沃克

垫着厚厚的毛皮，像羊毛一样粘在冰面上；在攀登最艰难的地方，他的前腿肌肉使劲收缩着，就像钢钩一样将爪子伸进冰中。他终于爬上了高高的冰架，然后趴下身子，只露出耳朵和眼睛，饥饿难耐地看着自己的猎物。

在他下方是一个令人晕眩的斜坡，像山顶一样陡峭，被几个世纪的冰霜和风暴打磨得闪闪发光；在斜坡底下，毫无察觉的海豹正在晒着太阳。白熊马特沃克非常谨慎地在海豹上方选择了自己的位置，然后，他用后腿稳稳地把自己推到冰架边上，肚皮贴着冰面，鼻子放在前爪上，前爪在面前伸直。白熊马特沃克就像一道闪光，从斜坡上一闪而下，给了海豹可怕的一击，把他打得头晕目眩，然后把海豹抛到了海水里。海面上顷刻间出现了一阵可怕的骚动，海鸟们疯狂地拍打着翅膀、叫喊着。然后，白熊马特沃克从混乱中抬起头来，抓住了海豹的脖子。他把猎物小心地放在冰架上；接着，自己脚一蹬也爬了上去，在那里把海豹吃了下去。而不久前，那只海豹还在晨曦中睡意蒙眬地眨着眼睛。

出现在这片陌生之地的这个他最喜欢的猎物，把白熊马特沃克的思绪从人类的村庄转移到他与冰山一起误入的冰河。这里没有进出船只的打扰，所以他一直住在冰洞里，那里既安全又温暖，而且他每天都从冰洞里出来，沿着岩石斑斑的海岸游荡。

几只母海豹把她们的幼崽藏在巨大的浮冰上，而浮冰被牢牢地固定在岩石和浅滩上。这些小海豹一开始是雪白的，因为善良的大自然没有忘记她无助的孩子，所以他们最好是躲在他们出生的白冰上。海豹幼崽只有他们的眼睛和鼻尖是黑色的，一听到警报，他们就会闭上眼睛，一动不动地躺着，所以几乎不可能发现

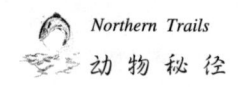

他们。即使你站在他们身上,他们也看起来像粗糙的白色冰块。如果时间允许,他们甚至会把黑色的鼻尖藏进白色的毛皮大衣里;如果你突然出现,他们只是闭上眼睛,黑色的鼻尖看起来像是一块散落的鹅卵石,或是掠过冰面的不安的风儿留下的一小块树皮。随着慢慢长大,海豹幼崽开始为自己捕鱼,而且逐渐变得黝黑而光滑,就像他们的母亲一样,以便更好地在捕食的黑暗水域中悄悄溜走。

像所有的熊一样,白熊马特沃克的视力很差,所以侦察时他主要依靠鼻子。他会沿着浮冰的边缘一英里一英里地快速游动,同时抬起头嗅着每一缕微风,试图找到海豹幼崽的藏身之地。但在这种时候,这些小海豹除了不易发现之外,也几乎散发不出任何气味,所以白熊马特沃克很少会吃到小海豹。他能抓住他们的唯一办法就是用一种狡猾的策略。他会游到远离浮冰边缘的地方,在浮冰中四处漂流,让自己看起来像块冰糕;或者,他会蹲在冰面上观察几个小时,直到看到一只大海豹爬出来,并从她的行为中知道她在抚育海豹幼崽。他会径直而迅速地朝着那个地方走去,在那里嗅来嗅去,直到找到他想要的东西。

当大公海豹上岸晒太阳,在岩石或冰湾边缘休息时,他们可

第六章　来自冰山的白熊马特沃克

以立即滑入深水中,所以白熊马特沃克发明了一种新的平静猎捕方式。他会悄悄地滑到背风处,因为海豹的鼻子几乎和他的鼻子一样灵敏,在那里他开始谨慎的逆风跟踪。他把庞大的躯体深深地沉在水里,只露出鼻子和头顶,然后沿着浮冰的边缘慢慢滑行,看起来就像一块在潮水中漂浮的浮冰。当接近猎物时,他会完全消失,就像一只水獭一样,在他下沉的地方没有一丝涟漪。

这时,大海豹正在浮冰边缘睡眼惺忪地眨着眼睛,用脚蹼抬起身体像狼一样伸展着,或者悠闲地转过身来在太阳下温暖着身体两侧。这时,熊的巨大脑袋和肩膀会径直从他面前的水里喷射而出,用可怕的爪子猛击一拳,还没等海豹回过神来,他就已经死去了。

就这样,白熊马特沃克在狩猎中度过了一周,他再次大腹便便、心满意足了。随后,海豹随着鱼群在一次突然的迁徙中消失了;毫无疑问,在接下来的一周里,白熊马特沃克又无食可吃了。

一天晚上,当他很晚才回到自己的洞穴时,那座巨大的冰山摧毁了他的停息地,带着他漂移到了心驰神往的地方;在那里从港口飘来了鲜鱼的味道,飘进了他饥饿的鼻孔。因为那天阳光明媚,风平浪静,饥肠辘辘的渔民们去了海里适合捕鱼的地方,并兴高采烈地带回了这个季节的第一批鳕鱼。

白熊马特沃克又一次上岸了,他已经在水里游了一整天,虽然很累,但还

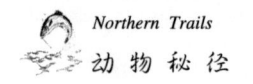

是直奔村子里的香味而去。渔民们在他的去路上已经布控了致命的陷阱，用新鲜的内脏作为诱饵，而且落木的重量是以前的两倍。但是白熊马特沃克学会了狡猾，他从后面进入了陷阱，把厚重的围栏撕成了碎片，好像它是用稻草做的一般。落木砰的一声坠落了下来，震得地面都在颤抖，但它却毫无伤害地落在地上的木头上，而白熊马特沃克却在贪婪地吃着诱饵，直到吃完最后一块。之后，他走进了村子，大胆地在码头和棚子周围翻找着食物，在每个门前都留下了他的大脚印。当他吃光了眼前的一切后，就沿着港口的狭长港湾往前走去，但仍然沉浸在静谧的夜空中飘浮的鱼腥味中。

那天深夜，老托玛带着他的水獭皮和驯鹿的腰腿肉出现在克伦梅特老爹的小屋里，而小屋就在狭长港湾底部远处的树林边缘。整个冬天，克伦梅特老爹一直疾病缠身，主要是由于风湿病和饥饿。老托玛可怜这位孤独的老人，于是在黑暗中四处寻找柴火，以便把他从内陆营地带来的美味肉食炖成汤。黄昏时分，一位心地善良、慷慨大方的渔民（渔民们向来如此），给老人留下了几条新鲜的鳕鱼，又匆匆忙忙地离开了，继续沿着那漫长而艰难的狭长港湾前行。克伦梅特老爹本想把鱼煮熟，但当他想去煮鱼的时候，却虚弱地动不了了，只好把鱼放在小棚子里的一个桶里。然后，托玛端着炖肉来了，老人吃了肉以后，感觉好多了。他们抽了一管托玛的干柳树皮，交流了来自荒野两端的那些微不足道的消息，转身入睡时，已经是午夜时分了。

棚子里传来一阵可怕的喧闹声把他们吵醒了，——砰！砰！砰！外面有什么东西似乎把所有东西都砸得粉碎。克伦梅特老爹

第六章　来自冰山的白熊马特沃克

躺在被子底下，开始瑟瑟发抖，哀嚎着说魔鬼亲自来接他了。托玛就像打开盒子跳出来的玩偶一样，从他的驯鹿皮中翻身而出；就在这时，一只桶砰的一声撞在了门上，于是门立刻颤抖了起来。随后，在令人毛骨悚然的沉默中，他们听到一只巨大的野兽咀嚼鳕鱼的声响。

托玛这次带了枪。他从炉子后面抓起了枪，用力向后拉动扳机，上好膛，用手指摸了摸，以确定枪口的火药帽以准备好开火。他偷偷地走到门口，小心翼翼地打开门，把枪管推到前面。门吱吱作响时，一只巨大的白色野兽迅速转过身来。托玛在黑暗中辨认出是一个巨大的脑袋，他把枪口伸进这个脑袋里，扣动了扳机。接着，传来一阵震耳欲聋的吼声，门被重重地摔在老印第安人的脸上，他仰面朝天倒了下去。克伦梅特老爹发出最后一声可怕的呻吟，然后躺在那里一动也不动了，好像一切都已经结束了。

当托玛爬起来时，他的耳朵在嗡嗡作响，鼻子里充满了刺鼻的粉末烟雾，而白熊马特沃克却已经走到了他漫长旅程的尽头。他躺在地上，好像睡着了一样，他的大爪子伸过门槛，头沉重地靠在他与门槛之间。最后一条鳕鱼的尾巴从他的嘴角伸了出来，他咧着嘴恶狠狠地笑了一笑，仿佛到最后这一切都是一个巨大的笑话。

"天哪！"托玛揉着头皮，疑惑地看着那头巨兽

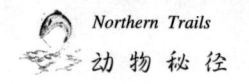

说,"我为什么要拖着那头驯鹿走四十英里呀?现在有这么多肉了,真是太多了!"他一边说着,一边把那个大脑袋拖到一边,关上了门,裹着驯鹿皮又睡觉了。

第七章　鲑鱼的行踪

一条光彩夺目的鲑鱼河，虽然无姓无名，但对于探索过崎岖的东海岸的少数纽芬兰渔民来说并不陌生，它唱着歌儿，喊着号子，穿过树林，欢快地跃过科普斯瓦甘，飞流直下。瀑布下面的河流在巨石之间咆哮翻滚，并一点点扩散到无数条湍急的白水渠中；接着，又聚集成一股强大、均匀、涟漪起伏的水流，上面闪烁着波光粼粼的黄色光芒，随后平静地涌入一个巨大的水池；然后，顺着激流咆哮着来到另一个瀑布。鸟儿对着鼓鼓的花蕾歌唱；风在新叶间沙沙作响，在云杉顶上嗡嗡地响个不停；空气随着瀑布有节奏的跳动而颤动，低沉的管风琴声随着激流滚滚而来。但所有这些声音和微妙的和声都不过是沉睡树林的梦境，——听！除了这些声响外，旷野一直笼罩在无边的寂静之中。

就在瀑布下面，激流扩散成湍急的白色水渠，一名男子拿着一根鲑鱼钓竿站在一块伸入水流的平坦岩石上。整个阳光明媚的

Northern Trails
动物秘径

早晨，他都站在那里，一边听着鸟儿和河流的歌唱，一边看着河面上奔腾的浪花和阳光，心中赞叹着荒野的美好。几条九磅①重的小鲑鱼躺在阴凉的、长满青苔的河岸上，而诺埃尔就坐在那里抽着烟。这时，印第安人悄悄地建议他去下游的池子里碰碰运气；这个建议非常好，因为河里到处都是鲑鱼，他们在下游没有看到苍蝇诱饵，所以会不顾一切地冲上来。而在这里，他们已经惊恐地看到小乔克·斯科特横扫过泡沫，捕获了两条鲑鱼，还有三条鲑鱼成功地逃走了。但是，捉鱼只是捕鱼的一小部分，乔克·斯科特发现他现在的位置非常完美，因为他认为找到一条上好的大鲑鱼并引诱他跳起来，比到下游去抓住一些鱼或丢失一些鱼更有趣。于是，他静静地站在突出的岩石上，看着河流，听着音乐。

他在那里站了很久，目光随着他的苍蝇诱饵在翻滚的水流中摆动着和跳跃着；他产生了一种奇怪的幻觉，急促的动作似乎进入了他的眼睛——每个捕鲑鱼渔民都有同感。不仅是河流，而且海岸本身似乎也在随着湍急的水流跌宕起伏。在瀑布下面的溪流中支撑桥梁的大原木正在迅速跑开，而身后紧跟着穷追不舍的白茫茫的水流和瀑布的轰鸣。绿茵茵的河岸和灌木丛像被风追赶的云朵一样飞奔而去。就连脚下巨大而坚硬的岩石也迅速加入了波荡起伏的队列。我们结伴往下游走去，而树木、岩石

---
① 英美制质量单位，1磅约0.5千克。

第七章　鲑鱼的行踪

和河流一起摇曳着、跳跃着、歌唱着、呐喊着,在荒野中兴高采烈地追逐着。

在匆忙和喧嚣中,白喉麻雀基洛里特清晰而甜美的歌声一路与我们相伴,仿佛在说:"再见,渔民朋友,渔民朋友。"而且,尽管岩石和河流发出了响亮的喧闹声,但是我们仍能听到优美的小旋律,就像白喉麻雀基洛里特在黄昏的静谧中在帐篷后面唱的歌一样清晰悦耳。

乔克·斯科特因幻觉而感到头晕。在汹涌的激流中,他的立足点不太稳固,所以他闭上眼睛,回到了现实。他的内心就像一把被风抚过的竖琴,在树林和水的旋律中激动不已,所以现实一定是美好的。

当他再次睁开眼睛时,在最远的白色急流的边缘,突然有东西跌落了下去。一条巨大的鲑鱼翻滚着进入了视线,他露出了头

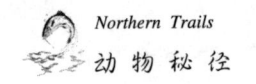

部、肩膀以及一英尺宽的蓝色背部,这让乔克·斯科特捉到的那些九磅重的鲑鱼看起来像鳕鱼捕捉器里的诱饵胡瓜鱼。

"真是个大家伙,哦,大家伙!"诺埃尔挺直了背说道,而且纤细的钓竿瞬间就开始行动起来了。诱饵苍蝇在水流中轻轻落入水中,随着水流摆动,在竿梢处正好浮起,刚好就在大鲑鱼下沉时,水翻腾而起的地方。大鲑鱼像闪电一样冲向了诱饵,而且大大的肩膀甩出了泡沫;但诱饵苍蝇离得越来越近了,在水面上飞来飞去。

"哎,错过时机了。"诺埃尔非常失望地说。于是,乔克·斯科特拉起钓线,坐在岩石上,任凭大鲑鱼沉入它下沉的漩涡中,而且早已忘记它跳出水面时看到的一切。

当我们等待它安静下来的时候,鲑鱼渔民们称之为"晾它一会儿",如果可以的话,我们去看看它在这里做什么,以及为什么它会在这些动荡中停留这么久,而它的本能却在呼唤它沿着河流一直向前,回到它生命开始的那片宁静的浅滩。

首先,低头看看脚下的水,它在近岸的黄色鹅卵石上迅速而平稳地流淌着。除了微笑、酒窝和波光粼粼的黄色光芒外,什么都没有,它们回旋着,不停地变化着,仿佛这里的河流满是流淌的阳光。然后,你用手分别在你的眼睛两侧弯曲,以便遮住侧面的阳光,目不转睛地看看那块黄色圆石头下面,那里有一片三英尺宽的起伏不定的阳光。起初你什么也看不见,眼睛里全是闪烁的河面和黄色水流的光影。突然间,就像河里打开了一扇窗户,你会看到一个模模糊糊、颤颤悠悠的轮廓。"它上来了吗?它又下去了吗?"都不是;它还在那里,再看一看。

第七章　鲑鱼的行踪

看了很久，又看见仿佛河面上打开了一扇窗户，而此刻你清楚地看到了一条鲑鱼。他待在那里，鼻子陷在一个漩涡里，静静地休息着，而河水在它身上翻滚流淌着。你看到了它银光闪闪的侧面，背上的蓝色色调，头上的黑色网线，以及有节奏地摇摆着的尾巴，这条绚丽多彩的鱼身上的每一条线条就像图片上的一样清晰。然后，窗户似乎突然关上了，你什么也看不见了，只看到摇曳的黄色光线。鲑鱼已经完全消失了，你必须一次又一次地查看，直到光线和漩涡一起消失了；而你的鲑鱼仍然待在以前的地方，它从来都没有动过，只是懒洋洋地摇摆着宽大的尾巴，平衡着它的鱼鳍，而它上方的光线将它遮挡了起来。

在寻找鲑鱼时，如同寻找生活中的其他美好事物一样，眼睛很容易被近在咫尺的众多微不足道的小东西所迷惑。诺埃尔站在同一块岩石上，指出了许多鲑鱼，而你却只看到了不断变化的光

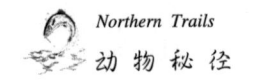

线和漩涡。这并不是因为它的眼睛比你的眼睛更尖锐——因为如果让它们从事你的工作的话，它们在一周内就会败下阵来——只是因为它已经学会了透过中间的表面现象来寻找它想要的更好的东西。当你的眼睛只看到涟漪和闪光时，而它的眼睛却对它们视而不见，并且发现大鲑鱼就躺在它们下面。你如果爬上那棵倾斜在水面上方的大云杉树上，水面的光线就不再对你的眼睛造成影响了，你就可以清楚地看到河床。你会发现在你看到的那条鲑鱼旁边，还有十几条鲑鱼。他们在河的上面和下面撒着欢，每条鱼都把鼻子放在一块石头后面，用鳍挡住会把它冲走的水流，这样它就能顺其自然地保持在原位，就像海鸥逆风翱翔一样。

现在看看那条大鲑鱼刚刚扑向我的苍蝇诱饵时激起的白色浪花，但是，它却不在那里，你可能会想，是闪闪发光的水流，或者是晃动的钓竿把它吓跑了。现在，让你的眼睛跟随着水流一段距离。在泡沫停止的地方下方十英尺处，一条大鲑鱼正停在一块石头后面，而石头上方水流在平缓地流淌着。当你去查看的时候，它像一道光线一样向前飞奔，瞬间消失得无影无踪；随后，它就从你看到它第一次猛然冲出水面的地方跳了出来。一会儿，它又向后退去，轻盈而优雅地绕进了自己的漩涡，就像一艘单桅帆船绕进了它的停泊处。它嘴里含着什么东西，或许是一片叶子，或许是一只大大的黑黄相间的蝴

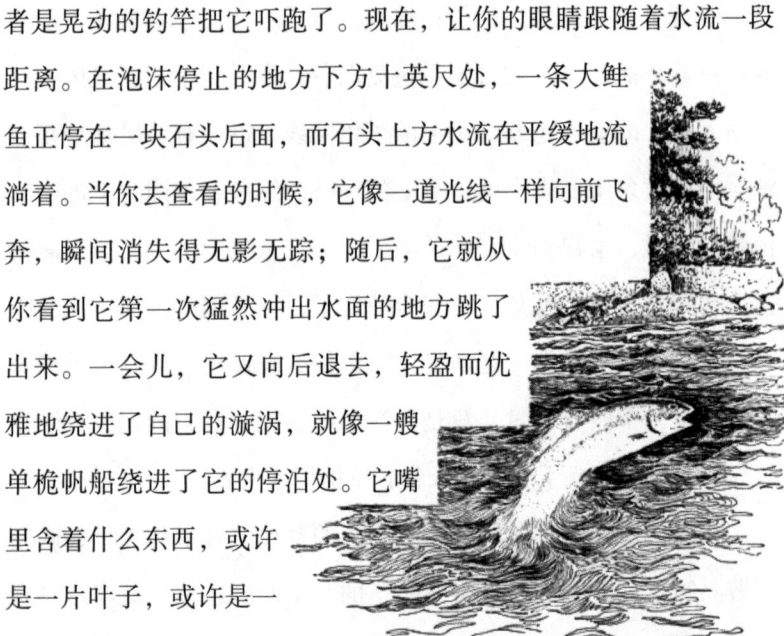

第七章　鲑鱼的行踪

蝶，但下一刻它就把它吐了出来，就像有人吐出一团烟雾一样。水流将它抓住，将它揉皱，然后把它冲了下去，它就像一只活物一样伸展着、颤抖着，进入了下一个漩涡。

立刻又有一条鲑鱼闪现在眼前，他旋转着猛扑过去，咬住了一片叶子；鲑鱼把叶子含在嘴里一会儿，而后又把它吐了出来。

当挂在不可见的竿梢上的苍蝇诱饵到来时，鲑鱼只是在玩弄一些在河边跳来跳去的小东西。半小时前，鲑鱼还在睡觉，或者对你所有的苍蝇诱饵和精致的抛投完全无动于衷；现在，他们出现了异常的行为，他们会接受你提供的任何东西。但是，就在这时，来了一只鱼鹰。

鱼鹰伊斯马奎斯伸展着翅膀，沿着河流飘然而下。当他注意到我们在树顶时，他径直飞了起来，绕了两圈，然后躲开了，但过了一会儿，他又开始扫视水面；从他的高度，他能用敏锐的眼睛发现河里的每一条鱼，但是鱼太大了，而且都在湍急的水流深处。当洄游的鲑鱼在后来出现时，他将能够捡起一条掉以轻心的鲑鱼；可现在，他只是看着河面，仿佛那是他自己的领地，然后绕回他的巢穴所在的湖边。当他把他的孩子们带到这里来捕鱼时，你会看到他们起初在水面上低低地打转，因为第一次看到这么多的鲑鱼而感到兴奋不已。但是涟漪和摇曳的光线刺激了他们的眼

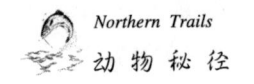

睛（这一点你也有同感），随后，你会听到鱼鹰伊斯马奎斯吹着口哨把孩子们带到更高的地方，让他们能更清楚地观察。

当我们再次站在岩石上，苍蝇诱饵顺流而下时，我们的大鲑鱼又在同一个地方猛然跳了出来，但我们又一次错过了。它正跟在苍蝇诱饵后面慢慢上升，这表明它有点怀疑，因为我们的诱饵太大了。当我们不慌不忙地把诱饵换成尺寸短小的同类时，上游一条鱼的跌落吸引了你的注意力，那条鲑鱼在瀑布下面反复地跳出水面。"它为什么会在那里跳来跳去？"当我告诉你它想好好看看瀑布时，你肯定会哈哈大笑；然而，这是事实。跑到那棵倾斜在河流上方的云杉上，我们在那里又观察了它一会儿。我们的大鲑鱼仍然在那里，它的情绪非常高涨；等我们抓到它时，今天的捕鱼就结束了，因为它对于我们来说已经足够了。

瀑布下面大约有十或十二英尺高，鲑鱼在不停地跳跃着。当你看着大量的白色水流涌动时，其他鲑鱼会从泡沫中探出头来，看了看瀑布，然后消失不见了。一道银光在黑黝黝的水中闪烁，一条大鲑鱼跳了出来，划着巨大的弧线飞到了瀑布的边缘，刚好碰到落下的水流，接着猛地从边缘跳了下去，随后它那宽大的尾巴傲然地一闪而过，最后消失在上方湍急的水流中。它已经做到了，它跳过了瀑布，虽然整个过程像闪电一样转瞬即逝，但你终于知道了它是怎样做到的。

下面是一些较低的瀑布，在那里你可以看到鲑鱼一跳就能跃过这些瀑布。它从下面的泡沫中跃起，消失在上方湍急而清澈的溪流中，甚至都没有接触到下降的水流。但现在，情况有所不同。鲑鱼一条接一条地跳出来，尾巴抵住瀑布边缘下方的落水，而后

第七章 鲑鱼的行踪

一条鲑鱼跳了出来

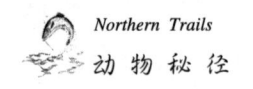

它的尾巴在身下蜷曲得像一根弯曲的弹簧一样,猛地向上一扑。

现在往瀑布里扔一两块石头,就扔在最后一条大鲑鱼坠落的地方。当向那里扔下一块大石头后,你不仅会听出那片落水是最单薄的,而且还能看到下面的岩石表面;这有助于解释鲑鱼能跃起的原因和方式。

它们会在平静的河段上不停地跳跃,特别是在下午晚些时候。毫无疑问,部分原因是为了娱乐和玩耍,部分原因是为了练习,以便让自己习惯于高高跳起,并学习如何随心所欲地以头部或尾部着陆。在瀑布下面,它们跳出了水面,就像你看到的那样,它们再次把头部伸到泡沫上,研究着这个地方,看看它们必须在哪里出击才能成功。左边有一个地方,那里的瀑布比平均水平低一英尺。但是,尽管你观察了一整天,你却没有看到一条鲑鱼跳到那里,你肯定非常期待它能在那里尝试一下。河水迅速通过了较软的岩石表面的一个凹口,并从下面的岩石表面喷涌而出。如果有一条鲑鱼在那里出击的话,它将找不到坚实的依靠来完成它的跳跃,而且会在瞬间被瀑布的力量淹没。

在这个凹口的右边有两个地方似乎是鲑鱼的最爱。在几天的观察中,你会一次又一次地看到它们用弯曲的尾巴落在这两个地方。当它们降落时,它们的尾巴穿过落水向下撞击,触碰到了下面的岩石，像钢弹簧一样反冲回去，所以鲑鱼就像橡皮球一样弹了起来，接着从边缘处消失了。偶尔，它们会失败，所以你会看到一条银色的大鱼被甩进下面的湍流里。看！在浅浅的漩涡里，在岸边的岩石旁边，有一条18磅重的、胖乎乎的鲑鱼在挣扎着站稳脚跟。它身体一侧的残酷伤口清楚地表明，它在跳跃中失败了，被弹回了岩石上。

现在留在这里对鲑鱼科普塞普来说就是等待死亡的降临，因为即使它逃离了熊、水獭和鹰，大量植物和动物性的寄生虫也会附着在它的伤口上，吸走它的生命。这时，它的黏液就发挥了作用；它给自己银色的两侧涂上黏液进行防护，并远离这些在淡水中滋生的致命真菌。一旦鳞片被刮掉，嫩肉裸露出来，鲑鱼科普塞普就会失去防护，再继续留在河里就等于是自杀。但即使在这里，大自然也并非不仁慈，她也不会忘记一个生物的需求。其他鲑鱼在沿着河流向产卵的河床移动时；什么也不吃，食欲也随之消失，但是受伤的鲑鱼会突然感到自己需要休养，于是贪婪地吃起了河水带来的任何东西。往河里扔进一条虫子、一点肉、一只苍蝇等任何可以吃的东西，它都会迅速地跳出水面。几个小时后，它感觉好多了，在水流中打着转，飞快地返回了大海，因为海水可以消灭寄生虫，治愈它的伤口，让它再次强壮起来。但它今年不会再回到河里了。

在前方半英里的地方还有一个瀑布，比这一个更加壮观。我们走了上去，并在那里找到了最难以回答的问题的答案。

只要看一眼瀑布，你就会立刻明白，它们太高了，任何鲑鱼都无法跃过。当鲑鱼无法跃过没有这条瀑布高的其他河流上的瀑

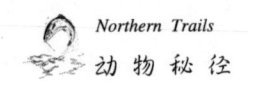

布时,它只能游到瀑布边上,然后返回大海,或者在沿途的浅溪口产卵。但是这条河流中的大鲑鱼却径直游向了上游。你可以看到它们在跳跃,而且会在瀑布上方捕捉到十几条。就在瀑布的下方,它们从水中高高跳起,或从泡沫中探出头来,就像它们在低处的瀑布一样,研究这个难以跃过的地方。

当你观看的时候,一条大鲑鱼划着巨大的弧线闪现了出来,并跌入一片落水中,但还不及瀑布一半的高度。很快,另一条鲑鱼紧跟其后,在同一个地方出击了。你仔细观察着,却什么也看不到,只知道它们消失在瀑布中。一条死鲑鱼从你身边飘过,另一条在浅水涡流中大口喘着气,还有一条躺在搁浅的河岸下被水獭吃掉了一半。显然,很多鲑鱼都在这里遭遇了失败。接下来,看一下瀑布最顶端的边缘。

十分钟慢慢过去了,你的眼睛一直盯着瀑布边缘的黄色水线。一道活蹦乱跳的银光划破了这条起伏不平的水线;当一条鲑鱼安全地越过顶部,跳入上方的湍急水流中时,宽大的尾巴在空中划出一道弧线。那可能就是你看到的消失在瀑布十英尺以下的那条鱼。我们必须跟随着它,才能对它的方法了解更多。

二十年来——自从我第一次钓到鲑鱼萨沃格尔以来——我一直在想,鲑鱼怎么可能跳上一条

第七章 鲑鱼的行踪

显然不可能逾越的瀑布呢？在阅读书籍时，我发现两个世纪以来几乎每一位捕鲑鱼的渔民都对同一个问题感到迷惑不解。有一天，我站在这些瀑布下，向瀑布里——就是鲑鱼落水的地方，扔石头。我突然想到，也许可以亲自下去看看它们在干什么。在两条河上，我都试过了，但都一无所获。虽然我瞥见鲑鱼停留在瀑布里湿漉漉的岩石上，但我差点被瀑布卷走。事实证明，在这里尝试出乎意料地容易，因为在一侧，湍急的水流从岩石的表面喷出很远，落下的水流不足以将人从脚下击倒。所以，如果你不介意泡个澡的话，而且在这深山野地里，没有微生物能让你感冒，泡个澡也不会有什么害处，那我们就来追寻鲑鱼吧。

我们脱下橡胶外套，从宽阔的落水边缘悄悄溜过，紧贴着岩壁站好。这里既凉爽又潮湿，岩石粗糙面的凹陷处水花四溅，空气中弥漫着浓雾，急流从我们上方喷涌而下，但是我们却滴水未沾。一条鲑鱼在石头间猛烈地踢打着，你用脚把它扫出来并将它踢进了瀑布。我们紧贴着岩壁走到小溪中央，瀑布的轰鸣声从我们上方倾泻而下；突然，我们发现到处都是鲑鱼，它们在石头上，在岩石的深凹处，拼命地在悬崖坑坑洼洼的表面上爬着。再往前挪动一点，你就会看到一个巨大的裂缝，沿着岩壁斜向而上，几乎一直延伸到你头顶的瀑布边缘。一股细流穿过这个巨大的裂缝，形成了瀑布中的瀑布。裂缝里满是鲑鱼，有些已

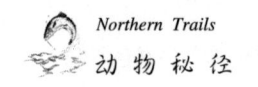

经死去了，有些则躺在凹陷处静静地休息，另一些仍在湿漉漉的石头和同伴们滑溜溜的尸体上向上猛蹬着，拍打着，滑向上方的生命之地。

至少在这条河里，你的第一次到访可能会解决自己的疑问；或者你可能不得不一次又一次地返回，以便从头到尾地了解整个过程。现在正是时候，因为雨后的河水刚刚开始上涨，大量的鲑鱼正从下面的池塘里往上游移动；而那些原本在瀑布下面休息的大鱼，也感觉到了前行的动力，开始往河流源头的产卵地前进。

当你站在这里时，一条又一条的鲑鱼飞进了白茫茫的落水，有些撞在岩壁上，又反弹了回去，随后消失不见了；有的则像认识这个地方一样，一头扎进湿漉漉的凹陷处，从震惊中平息片刻，然后扭动着，跳到上面的凹陷处。有一条冲进了跟你肩膀齐平的大裂缝里，它落在其他三四条躺在那里喘着粗气挣扎着的鲑鱼身上，闪闪发光。刹那间，它那宽大的尾巴猛烈地扭动着，拼命地拍打着，甩动着，越过同伴的身体，把自己推到了岩石的上方；它在那里休息了片刻，然后勇敢地越过了一个小山脊，不停地往上爬；最后，它纵身一跳，越过了瀑布边缘，消失了。

不管其他河流的情况如何，但在这里，鲑鱼轻易地跳上了瀑布。或许它依靠运气或本能，或许更可能是从以前的经验中获得的技巧，只要简单地跳进瀑布中，冲过瀑布的落水，降落在岩石表面上其中的一个凹陷处或裂缝中即可。然后，如果在第一次努力中没有被击晕或被冲走，它们就会沿着岩石的侧面拼命往上

第七章 鲑鱼的行踪

爬，越过那些不太成功的同伴的身体，一直爬到接近顶部可以跃到瀑布上方的位置。

在这里，就像在大多数瀑布中一样，人们可能会注意到水有一种奇怪而富有节奏的运动。瀑布的水流很少均匀地倾泻而下，而是接连不断地喷涌而出，其间水流会比较缓慢、比较柔和；因此，无论是用眼睛看，还是用耳朵听，人们都能感受到水的跳动，就好像这条河只是许多动脉中的其中一条，而在这些动脉背后的某个地方，跳动着一颗巨大的心脏，推动着水缓慢而有规律地向前猛冲。毫无疑问，鲑鱼利用了这一事实，它们会在顶部岩石附近休息，等待落水比较缓慢、比较柔和的时机，从而避免了在完成最困难和最危险的旅程后被落水冲走。

尽管有些铤而走险，但这可能是在其他河流上尝试过的方法，而在那些河流上，鲑鱼需要越过明显太高而无法跃过的瀑布。波士顿的埃尔伍德·伍斯特博士写信给我说，当他在白湾钓鲑鱼时，他的导游告诉他，有一个地方，鲑鱼从瀑布后面爬上了悬崖，所以每逢那个季节，渔民们都会在那里收集一桶桶的鲑鱼以备过冬之需。他和导游们一起来到瀑布后面，观察了几个小时，看着鲑鱼跳入水中，开始完成几乎不可能完成的任务——跃上岩石。在那里，和这里一样，只有一小部分鲑鱼挣扎着跳到了顶端。一些失败的鲑鱼会再次尝试，还有一些鲑鱼则迅速离开，

193

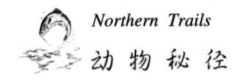

去治愈自己的伤口；其余的则静静地躺在岩石间等待可怜的渔民，或者顺水漂走成为水貂和老鹰的食物。大自然为了选择少数而广集多数，整个过程中充斥着明显的浪费和完美的节约，但大自然总是用这种浪费和节约来实现她的目标。

当我们顺流而下，再次在平坦的岩石上站稳脚跟时，白茫茫的水流边缘响起一个沉重的落水声，这表明我们的鲑鱼仍在那里，而且活力十足。它现在要带走我们的苍蝇诱饵，剩下的就是技巧问题了，还有很大的运气成分，这对鲑鱼来说是有利的。但是，我们对瀑布下的一瞥使我们对那条大鱼的隐秘生活产生了新的兴趣——它们竟然能在动荡中休息和嬉戏，所以在将它捕获之前，让我们先听听它的故事。

第八章
鲑鱼科普塞普的故事

　　几年前的一个深秋，一条鲑鱼来到了河流的源头，为自己找了一个可以藏卵的地方。整个夏天，她都在慢慢地沿着河往上游，在瀑布和急流下休息，以积聚力量，并在月光明亮的夜晚，快速通过浅滩，因为熊穆文就在那里等候她的经过。此时，她已经经历了大部分的艰难险阻，径直来到了一条冰冷的小溪口的浅滩，水底布满了沙子和黄色的鹅卵石。当水流在金黄的沙砾床上均匀地泛起涟漪时，她就像春天归来的鱼鹰一样，找到了自己的理想之地，而她首先要做的是修复其他鲑鱼几个世纪以来一直使用的巢穴。她用宽大的尾巴扫除了鹅卵石上沉积的一层泥土，随后水流会把这些泥土冲到下游。她把卡在石头中间的烂木头、树枝和树叶的碎片用嘴叼起来，放到一边，而剩下的都是白白净净的。当她工作时，一条下颚有钩状突起的大雄鲑鱼涌了过来，并将她择为他的伴侣；他开始在她周围转来转去，与其他鲑鱼搏斗，并

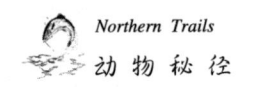

赶走那些蜂拥而至、等待鲑鱼卵盛宴的鳟鱼。

当巢穴终于建造完成后,这条大雄鲑鱼就游过来,用他的下颌顶端的喙在巢穴里犁出长长的沟壑——自从他进入淡水以来,它的下颌顶端就一直为此目的而生长。这些沟壑被用尾巴和鳍扇得干干净净,然后他的配偶在巢穴里开始产卵。卵有成千上万个之多,所以如果它们都能被孵出并长大后,这条河里肯定满是鲑鱼。

对这位下巴带钩的老雄鲑鱼来说,那是一段繁忙的时光。卵产出以后,他急忙用沙砾把它们掩盖好,以防水流把它们冲走,并把它们藏起来,防止那些像阳光一样闪闪发光的小鳟鱼和幼鲑们发现。尽管雄鲑鱼飞快地猛扑过来,但是他们还是吞了一口,然后迅速跑到雄鲑鱼无法跟踪的堤岸或石头下面去享用。有时,这些小强盗似乎像狼一样成群结队地捕猎;当雄鲑鱼在追逐其中的一条时,其他的就会飞速地进入巢穴,狼吞虎咽地吃掉所有未被藏好的鱼卵。他们甚至会到母鲑鱼的身下偷盗,抢走刚刚产下的卵,等大雄鲑鱼赶回来时,他们就像一缕烟一样四分五散地躲进看不见的洞穴里。

最终,所有的卵都产完了,并安全地掩盖在连幼鲑鱼都找不到的地方;尽管损失惨重,但每个巢穴中仍有数千个鲑鱼卵,足以确保幼鲑鱼的充分供应。随后,几十条大鱼,由于五个月的禁食以及向上游洄游的辛苦,他们已经骨瘦如柴、昏昏沉沉,他们就像木头一样随意地躺在浅滩上

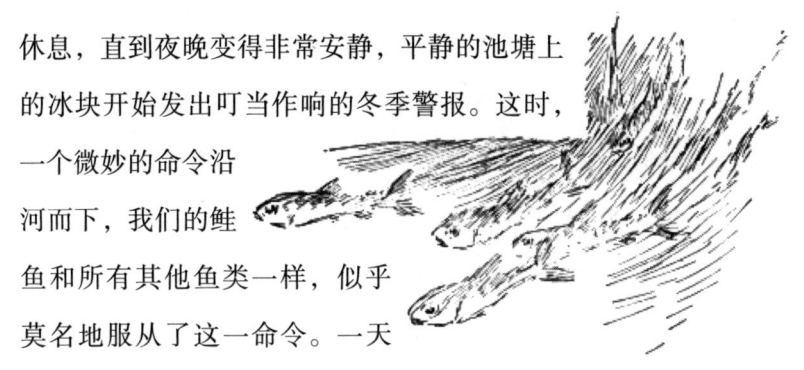

第八章 鲑鱼科普塞普的故事

休息,直到夜晚变得非常安静,平静的池塘上的冰块开始发出叮当作响的冬季警报。这时,一个微妙的命令沿河而下,我们的鲑鱼和所有其他鱼类一样,似乎莫名地服从了这一命令。一天早上,他们在同一时刻回到了水流,飞快地游回大海,把孵化后代的任务留给了小溪。这条小溪对此已经习以为常,于是它立刻投入了工作,为自己哼起了那首欢快的小调,那是它在它曾经孕育过的所有幼鲑鱼的隐秘摇篮中吟唱了千年的曲调。

冬天慢慢过去了,一股新鲜的水流连续不断地从隐藏的宝藏上流淌而过。当春天冰层破裂时,砾石巢穴中的卵一般会破裂,有东西在两块白卵石之间的一个卵里剧烈地搅动着;卵的外壳破裂后,滑出了鲑鱼科普塞普,是一条小小的雄鲑鱼。他一出世就腹内空空,他首先吃掉了卵里除了他自己以外的所有东西,所以当卵刚破裂时,就可以看到他正在啃着将自己释放出来的外壳。很快,他就凭着自己的直觉,在遮挡他的一块鹅卵石后面的小漩涡里安顿下来。当覆盖在尾巴上的卵外壳晃动时,他眨眼间打了一个回旋,就把它吞了下去。然后,他又在鹅卵石后面安顿下来,第一次审视着眼前的世界。

在他周围,鲑鱼幼崽正在从巢穴中爬出来。当他们出现时,水流似乎像雾一样要把他们冲走,但事实上,每一条鲑鱼幼崽都向最近的石头或掩体飞奔而去,消失得无影无踪,仿佛河床已经打开,将他们吞没了一样。虽然他们速度很快,但仍被浅滩上成

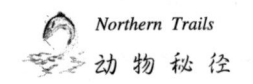

群结队、饥不择食的小鳟鱼和幼鲑鱼抓住了。起初，他们都躲在一块石头下面，像鹰一样观察着猎物，但是幼鲑鱼科普塞普在树根下是安全的，一旦他从庇护所（树根）门前的第一块鹅卵石下冲出来，那么与世间的斗争就拉开了序幕。

在幼鱼期，他在浅滩上生活了一年，躲避了敌人，吃掉了水中成群的昆虫。之后，随着力量的增大、速度的增长，他开始追逐和捕捉那些在小溪底部静止的稀泥中蠕动的小鳗鱼，而且还能迅速从河底跃出水面，捉住并拖下去一只路过的飞虫。每次出击后，他都会像一束阳光一样在他的庇护所（树根）下旋转飞奔。他不需要去寻找敌人，他们就在他的周围，他总是想当然地认为敌人想伺机捉住他，而在敌人发现他的行动之前回到自己的巢穴才是安全的。

尽管幼鲑鱼科普塞普闪电般地奔跑着，但偶尔会有一条小鳟鱼发现他的踪影，并在他和他的庇护所（树根）之间飞快地进行追赶；幼鲑鱼科普塞普会使用一种每条小鲑鱼似乎都本能地知道的技巧，他会带着鳟鱼飞奔到最柔软的地方，然后卷起一团泥泞，鳟鱼就会一头扎进去。在小鳟鱼找到他之前，幼鲑鱼科普塞普已经藏在一英寸[①]深的软泥下了；或者，由于害怕大鳗鱼，他会在泥泞水底的掩护下溜回自己的庇护所（树根）下——从来没有敌人跟随他到过那里。

至于小鳟鱼，他很快就需要处理自己的麻烦了。除了大一点

[①] 英美制长度单位，1英寸约等于2.5厘米。

第八章 鲑鱼科普塞普的故事

的鱼类总是追赶所有敢于在开阔水域露面的小鱼之外，水貂也像影子一样滑进滑出。翠鸟像直线下降一样从天而降，几乎每次下降都会抓起一条鱼；而在其上方筑巢的麻鸭，杀伤力极强，每天都会吃掉几十条鳟鱼。因此，小鳟鱼在泥雾中迷茫了一会后，就会忘记我们的小鲑鱼，并飞速回到了自己的巢穴，庆幸自己在追赶猎物的时候逃过了被发现和追赶的命运。

虽然危险重重，但是小鲑鱼依然在茁壮地成长，而且从他的嬉戏中可以看出他已经开始能从平静的水中跳出来，在安静的下午翻起响亮的水花，然后又坠入水中。他醉心于生活的力量和欢乐，醉心于追逐和拥有丰富而美好的事物。在他出世的第一个秋天，鲑鱼再次出现在浅滩产卵，而小鲑鱼科普塞普和他的同伴们一起，趁着长有钩状下颌的大雄鲑鱼忙于掩盖沟壑或驱赶蜂拥而至的一群活跃的小强盗时，四处游荡，偷窃鱼卵。

小鲑鱼科普塞普现在将近有 6 英寸长，在几个月内体重增加了百倍。当你瞥见他从水中奋力跳出来的时候，你就会看到一个美丽的小动物：他的眼睛像星星一样明亮，他闪闪发光的身体两侧点缀着明亮的朱红色斑点，而且还掺杂着象征幼鱼期的深蓝色条纹或长斑点，两边的深红色鳃上覆盖着精致的珍珠状外壳。你可能会说，这是一条成年鳟鱼了，因为他像闪电一样冲向了你的苍蝇诱饵，但是再看一眼，你就会明白，他比任何从水中出来的鳟鱼更加优雅、更加强大，同样也更加漂亮。

整个冬天，他都待在自己的巢穴边，几乎不外出觅食，而且变得异常懒惰。当春天来临时，一种奇怪的变化悄悄向他袭来。当他冒险进入平静的水中，看着那面奇妙的镜子时（那是池底的表面,就像你斜视玻璃杯里的水看到自己的面容一样),他发现自己所有美丽的蓝色条纹和朱砂斑点正在慢慢消失,取而代之的是新长出来的银色鳞片。到了五月中旬,新的鳞片已经覆盖了他的全身。大自然悄悄地告诉他,她给他的新衣服是为了迎接新的生活,这时他心里莫名地惶恐不安。随后,小鲑鱼科普塞普掉头顺流而下,前往从未涉足的远方。他现在是一条两岁大的小鲑鱼了,他的手足兄弟都跟他一起沿着河流疾驰而下;而他们的姐妹们却仍然穿着光彩照人的小鲑鱼外衣,在她们出生的浅滩上玩耍和觅食。

对于我们的小鲑鱼来说,这是一次美妙的旅行;更重要的是他以前从未离开过家乡的小溪,他不知道为什么要离去,也不知道要长途跋涉去往何方。他飞流而下,时而轻松地穿过跳动的波浪,时而沿着沸腾的急流急转而下,时而拼尽全力追上去,冲向一片白茫茫的湍流之中,然后他的整个世界似乎都随意地坠入了自己脚下咆哮和颤抖的空间。他的第一本能是紧贴底部,即使在最险恶的急流中,只要他一甩尾巴,就会把自己送到石头间悠闲地旋转和滚动的水域里,而头顶上的奔腾和喧嚣仍在继续,但他却毫发未伤。他所到之处,都有一种战友的情谊,因为有很多同胞和他一起向着同一个目标前

第八章 鲑鱼科普塞普的故事

进——河里到处都是小鱼,他们悄悄游动着、躲避着,在凉爽而黑暗的漩涡中到处像银一样闪闪发光,而且都在迅速地向前奔赴大海。

于是,小鲑鱼们从山上来到低洼的沼泽地和湖泊,在那里,他们遇到了一大群银色的大鱼,而她们就是自己的母亲,她们正在进行漫长的洄游之旅,前往小鱼刚刚离开的浅滩。

当他们沿着缓慢的水流前进时,水中弥漫着一种新的味道。那是大海的味道,一大群鲑鱼立刻兴奋不已、欢呼雀跃,接着向前飞奔而去;他们穿过潮水的第一道平缓的浪潮,越来越快地往下冲,直到另一群鲑鱼闪入眼帘,而且数十只海豹像许多黑魔鬼一样紧跟在他们身后飞奔着、扭动着,所以小鲑鱼们突然四分五散,躲藏了起来。在隐藏的小鲑鱼上方,追逐就像龙卷风一样急速而过;随后,小家伙们从躲藏处跳了出来,浑身颤抖着向前游去,并从深处穿过汹涌澎湃的海浪下方,消失在凉爽的海带和海藻丛中。这些海藻和海带在海底到处挥舞着柔软的手臂,召唤着受惊的小流浪者们过去休息、过去寻找庇护。

鲑鱼们在这里等了几天,吃得饱饱的,而且从绿色的遮蔽处。像通过窗户往外看去一样,他们惊奇地看着从身边经过的新奇的生命——寄居蟹、海星、海蟑螂①、鳐鱼、虹鱼、龙虾、海豚和鳟鱼,他们都有一些古怪的特征,或者有些古怪的游动方式,像小矮人或小妖精一样疯狂地四处游荡;因此,每天这种画面似乎都在他们的"窗前"列队经过。但他们仍然对迁徙心驰神往,所以很快,他们比以前更加急切地向前奔去。

他们每走一英里都会遇到新的危险。陌生而野蛮的怪兽瞪着眼睛,直着身子,张着巨大的嘴巴,从岩石、甘蓝和海苔藓的隐蔽处向他们涌来。从底部望去,比目鱼和偏口鱼就像一片片毫无恶意的稀泥,跳到了路过的鱼群中间,在湍急的河流中游来游去,这让小鲑鱼们就像回弹的钢制弹簧一样四处乱窜。但是,小鲑鱼们的速度比那些表面上看起来危险得多的野蛮大土匪要快得多;小鲑鱼们毫不费力地躲开了他们,躲到了一片海带下面,随后那些鱼群才涌了过来。而后,小鲑鱼们仍然跟随着河流里的那种几乎难以察觉的气息继续前行,直到他们在海上前行了将近二十英里,之后停留在从海底升起的一座岩石山脊上,而山脊上面覆盖着波浪起伏的海生植物。这时,小鲑鱼们的狂热突然散去,他们四分五散,就像在绿色荒野的浅滩上那样各自回到了自己的小窝里。

对于小鲑鱼科普塞普来说,一种崭新而美好的生活已经拉开了序幕,最棒的是可以享用大量的美食。数以百万计、鲜嫩可口的微小甲壳动物有时会聚集在他的巢穴上方,这时水里满是食物,而且水成了亮粉色,就像西红柿汤一样。他只需要张着嘴懒洋洋

---

① 一种常见的岸栖甲壳类,很少在海中活动,但遭遇危险会逃入海中,以生物尸体及有机碎屑为食,为食腐动物。

第八章 鲑鱼科普塞普的故事

地从中穿行一两次,就能大腹便便地回到自己的巢穴,就好像他在一块厚厚的布丁里遨游一样。但不到一个小时,他又会感到肚子咕咕叫了,于是他会在那个奇怪的食物池里翻滚,一次又一次地填饱肚子,直到鱼群随潮水而去。在持续不断的饥饿感的驱使下,他越过了岩石山脊,来到了海底向上倾斜、一直延伸到广阔平原的地方。在那里,鳕鱼产下了不计其数的鱼卵,所以幼鳕鱼就像屠宰场上的苍蝇一样随处可见。于是,小馋猫们狼吞虎咽地吃起来,直到把尾巴也吃进了嘴里;然后他一扭身,又把尾巴吐了出来,随后反复着刚才的行为,彰显着自己吃得开心。

因为食物充裕,所以小鲑鱼科普塞普自然而然地越长越大,直到他的皮肤几乎裂开,将他掩盖起来。当他第一次来到大海时,他几乎没有你的手那么长,大概只有三盎司[①]重。一个月后,他变成了一条身强体壮、曲线优美的鲑鱼——身长有一英尺,体重有一磅多;随着体重的增加,他的食欲非但没有减少,反而变得越来越贪婪。此刻,他不满足于甲壳类动物或幼鳕鱼了,他也加入了那些最初让自己感到心惊胆战的强盗行列,因为他体格太大了,不能满足于这么小小的鱼苗了。当成群结队、光彩夺目的毛鳞鱼从他头顶掠过时,海水看起来就像一道破裂的彩虹坠落了下来,而鲑鱼的银色侧面在鱼群中闪来闪去。随着他的长大,毛鳞鱼也随着潮水向岸边漂去,而鲱鱼像巨大的银色云朵一样漂了过来,但是就在鲱鱼上方,海鸟在尖叫着,因为这些鲱

[①] 英美制质量单位,1盎司约28.35克。

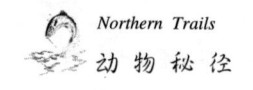

鱼是食物中的极品。

就这样，小鲑鱼在海洋中度过了三个月，现在已经变成了一条四磅重的美丽的鱼——洄游的鲑鱼，他银色的身体侧面像鳟鱼一样有斑点，只是这些斑点又大又黑，而不是又小又红。随着夏天的消逝，几十条小鲑鱼开始沿着洄游鲑鱼藏身的山脊岩石不安地移动着。水中似乎弥漫着一种狂热，这让小鲑鱼和洄游鲑鱼都停止了贪婪的进食。

一天早上，鲑鱼就像接受了命令一样，一起出发了，小鲑鱼科普塞普和他的数百名同伴——洄游鲑鱼，紧跟其后；当他们沿着自己河流的熟悉气息前行时，迁徙的狂热越来越强烈。

他们在岸边停了几天，等待满月的潮汐；几周来一直没见过一条鲑鱼的克伦梅特老爹又把网张好，而且每天早上都会发现网里满是鲑鱼。当潮水涨到最高点时，鲑鱼群就会涌进河口，越过岩石，而海豹正守候在岩石周围，并像饥饿的狗一样当闻到肉的味道时大声吼叫着。

洄游鲑鱼飞速跃过了岩石，远离了他们的凶猛敌人，随着冲刺，那里的河水翻滚起来，闪闪发光。一只活泼的小海豹紧随小鲑鱼科普塞普跳了下去，但是洄游鲑鱼跑得太快了，那只小海豹不得不去追赶一条又大又懒的鱼。于是，小鲑鱼科普塞普安全地来到了淡水水域，并迅速地沿着湖面向上前行，一路尽情地跳跃着、玩耍着，来到了一个小瀑布下面的第一条急流。他把鼻子伸进一块凹下去的岩石后面的漩涡里，用鳍和尾巴挡住了水流，让自己毫不费力地保持在原地，为他的第一次跳跃和艰难地冲过瀑布上方的激流养精蓄锐。

第八章 鲑鱼科普塞普的故事

在那里等待时机时，小鲑鱼科普塞普感到自己的胃部在收缩。河里有鱼——有米诺鱼、鳟鱼和鳗鱼，还有水貂和鱼鹰正在捕捉的慢吞吞的白鲑，但小鲑鱼科普塞普对他们视而不见，任由他们各行其是。奇怪的是，他过去几个月的贪婪食欲已经荡然无存；幸亏是这样，否则一条鲑鱼就会吃掉河里的所有鳟鱼、青蛙和小鱼。这也许就是为什么大自然会带走鲑鱼的食欲，并在他的淡水之旅中，一直让他保持这种状态。

当他躺在漩涡里休息，或者玩弄着水流带给他的所有五颜六色的东西时，一队银色的小鲑鱼匆匆闪过，奔向大海，虽然他并不知道，她们就是四个月前当他离开时，还是幼鱼而留在浅滩上的小姐妹。难怪小鲑鱼科普塞普没有认出她们；因为她们几乎不及他过去几周一直在吃的毛鳞鱼那样大。他好奇地看着她们飞奔而过，想知道她们来自何方，为什么那么匆忙；然后，他游到瀑布下面，开始跳跃。他就像所有鲑鱼那样，先从泡沫中探出头来，观察着这个地方，再一跃而起。

他终于跳了起来，一头扎进瀑布里，但立刻就被撞得头晕目眩，而且很快他发现自己被所在的石头撞得鼻青脸肿，所以他浑身颤抖着连连后退。但是，他似乎从中学到了知识；因为在下一次尝试中，他飞快地穿过了一个黑色的漩涡——所有的鲑鱼都是从这个漩涡跃起的，接着划了一道美丽的弧线向上跳去，而且正好触碰到瀑布上方湍急的水流。刹那

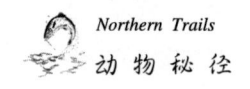

间，他快速地扭动着、跳跃着穿过了激流。直到他到达两三英里外的一个大水池时，他才停了下来，随后在另一个漩涡中安顿下来，为下一次努力积攒力量。

因此，他向上游前行了近两个月，在最险恶的急流下等待落水，并在河流延伸到宽阔浅滩的地方等待降雨，因为浅滩难以掩护鲑鱼向上游游动。在那里，一个月光明媚的夜晚，一个像黑色树桩一样的东西正好横在小鲑鱼科普塞普的去路上，于是他溅着水花朝它游去；突然，他发现有异常，他立刻停在一块岩石后面。一条掉以轻心的鲑鱼蹒跚而过，而那根树桩突然动了起来，肥美的鲑鱼被爪子一扫而起，飞到了岸边。熊穆文紧随其后，忽高忽低地跳着，想在鲑鱼窜回河里之前将他抓住。

这次经历让我们的小鲑鱼受益匪浅。此后，每逢有月光的夜晚，当他在浅滩上看到一块黑色的岩石或树桩时，他都会观察一会儿，看看它是否会移动，然后才穿过这个危险的地方。所有鲑鱼和鳟鱼对所有可疑物体的检验标准：无论在陆地上还是在水中，如果物体移动了，那么它就是危险的。这就是为什么当你沿着河岸走的时候，你只能瞥见他们闪现；另外，如果你静静地坐在鲑鱼池的岩石上，在水流中拖动你的脚趾、手指或一片叶子，你可能会看到一条鲑鱼向上移动，并且不慌不忙地查看着正在移动的物体；有时，他会扑

第八章 鲑鱼科普塞普的故事

好像他试图逃离自己的影子

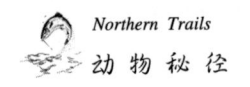

向移动的物体,把水溅到你身上,之后他又转身飞快地回到了自己的漩涡。

十月下旬,小鲑鱼科普塞普发现自己再次出现在他出生的小溪口的浅滩上。他直奔他曾经藏身的那块树根,但是那熟悉的地方太小了,连他的头都进不去了,那个曾经给他挡风遮雨的漩涡,现在已经毫无意义了。他开始悠闲地在这个曾经对他来说巨大无比、危险重重的小世界里遨游。哪里有危险?与海水下有巨兽出没的绿色丛林相比,这里分明是一个绝对安全的地方,因为他现在的体格非常大了。

小鲑鱼科普塞普猛冲到一边,浅滩上的水翻起了泡沫,他浑身感到毛骨悚然;他疯狂地翻滚着,来回窜动着,在受惊的河水中翻来覆去,而身后紧跟着一条长长的、黑黝黝的、弯弯曲曲的尾巴,仿佛他正试图逃离自己的影子。小鲑鱼科普塞普像闪电一样站起身,向后一跃,越过阴影整整八英尺,而阴影迅速翻身而起,抓住了另一条正在砾石巢穴中犁着沟壑的鲑鱼。一只水獭从翻腾的水中滑了出来,她先探出了头部,接着是长长的背部和尾巴,然后她爬上了河岸,站在那里对着捕获的猎物喵喵地叫着。在她的召唤下,又有两个影子滑向了河里,于是小鲑鱼科普塞普跳了起来,再次躲藏了起来,但新来的只是两只水獭幼崽,到目前为止,他们只学会捕捉愚蠢的白鲑和小鱼。不一会儿,他们就爬上了河岸,蜷缩着长长的脊背,像受惊的猫一样,优雅地啃着鲑鱼;而小鲑鱼科普塞普则完全将他们抛之脑后,勇敢地在浅滩上漫步,去寻找一条小鲑鱼作为他的伴侣。

小鲑鱼科普塞普终于找到了自己的伴侣,她正在河口下为自

第八章 鲑鱼科普塞普的故事

已建造巢穴,于是科普塞普开始警惕地围着她转来转去。还有不计其数的鲑鱼在寻找伴侣,他们会闯入他的领地,就好像小鲑鱼科普塞普肩上带着薯片一样。他会像闪电一样冲向他们,咬住他们的下颌,拖拽着、推搡着,将他们赶出自己的领地。当他赶回来的时候,他不得不又咬又打地赶走那些海鳟鱼——其中一些和他的体形一样巨大,他们饥肠辘辘地蜂拥而至,等待着鲑鱼卵的盛宴。

这时已是深秋,河岸出奇地平静而洁白,当小鲑鱼科普塞普再次掉头顺流而下时,所有平静的水池上都结了冰,而他的配偶产下的卵则安全地隐藏在新的巢穴中。这时,他就像一条刚产过卵的瘦弱鲑鱼,或者说是黑鲑鱼,因为在淡水中的长久停留和禁食,他已经瘦弱不堪、饥肠辘辘了。他一路向下,穿过激流,越过瀑布,拼命地赶路,他的速度赛过了湍急的河流,也让他春天的第一次旅行美妙无穷。经过一天的风驰电掣,他跑完了全程,抓住了每一条穿过他快速行进路线的小鱼,第二天,他又回到了海底岩石山脊的巢穴中。这小鲑鱼科普塞普专属的觅食地;在蜂拥而至的众多鱼群中,小鲑鱼科普塞普看到了许多肥硕的小鲑鱼,现在她们几乎和他一样大了,但他不知道,这些正是他艰难地向上游拼命前行时,遇到的那些顺流而下的小姐妹,她们已经迅速从小鲑鱼变成了两岁多的鲑鱼了。

造访过这片

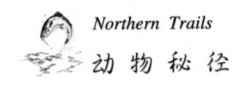

海岸的、为数不多的几位渔民想知道，为什么在这条河里——事实上在其他许多河里——他们只能捕捉到雄性小鲑鱼，但原因可能很简单。雌鲑鱼在海洋中一直待到两岁左右，直到第二年春天，雄鲑鱼和雌鲑鱼才会一起进入河流，成为发育成熟、体重为八磅或十磅的鲑鱼。

整整一个冬天，小鲑鱼科普塞普因长期禁食而饱受饥饿，所以春天时他会狼吞虎咽地进食，于是体形就肥胖起来，体重也增加了一倍。当五月的月亮接近满月时，迁徙热潮又沿着海底的岩石山脊蔓延开来；因为即使在那里，在冰冷的绿色水下世界里，大自然也会传达着同样的信息，让花蕾膨胀，让鸟儿歌唱。最大的鲑鱼首先感受到了这一信息，并随着密集的鱼群飘然而去，就像狗追寻空气中的气味一样追寻着自己河流的微妙气息，或者像骡子一样，回忆着曾经路过的每一转转弯和蜿蜒每一条的小路。一个月后，小鲑鱼科普塞普跟随着数百名同伴从容不迫地离去了。

小鲑鱼科普塞普现在是一条成年鲑鱼了，所以必须勇敢地面对海豹；当海豹在岩石的边缘看到第一批鲑鱼从波浪中冲进来时，他们就会对所有其他的鱼类视而不见。经过一番激烈的追逐，鲑鱼科普塞普安全地通过了海豹的领地，正在路过的第一个湖的源头的池子里欢快地玩耍和跳跃。这时，一个奇怪的意外让他匆忙往海里游去。而这只是众多因素的开端，正是这些因素才让鲑鱼科普塞普比所有的伙伴都要强大。

湖面上有一对潜鸟，他们在附近的沼泽上筑造了一个巢穴，而且总在忙碌着捕鱼。有一天，一条大鳟鱼闯进潜鸟胡克威姆的池塘并消失在树根下，所以此时潜鸟胡克威姆正在深水中追逐着

第八章　鲑鱼科普塞普的故事

这条大鳟鱼。当潜鸟胡克威姆拖着一串巨大的银色气泡无声无息地飞驰而过时,在一块树根外面,一条巨大的尾巴的挥舞吸引了他的注意,于是他像闪电一样猛扑过去,将他的尖喙深深地刺入了鲑鱼科普塞普的一侧。如果是一条大鳟鱼的话,这一击会让他当场晕厥过去,但是,当潜鸟胡克威姆刚接触到鲑鱼科普塞普时,他就挣脱了束缚,跳出了水面。潜鸟胡克威姆看到自己未能得逞,便继续往前游走了。过了一会儿,鲑鱼科普塞普又回到池塘里,静静地扇动着水,好像什么也没发生过一样。

自从进入淡水后,鲑鱼科普塞普的食欲就消失了,但现在他突然又开始感到肚子咕咕叫了。这只是大自然在通知他该回到大海了,在那里他的伤口可能会痊愈,但这并不是因为他伤口的疼痛,而是因为和其他鱼一样,他似乎感觉不到疼痛。如果他继续待在淡水中,寄生虫会迅速附着在裸露的嫩肉上,但他却对此一无所知,最后这些寄生虫就会将他杀死。他只是觉得饿了,而且还记得海里有丰富的食物。捕鲑鱼的渔民总会注意到受伤的鲑鱼是如何突然开始进食的。有时,当伤口只不过是被渔网划破了鱼鳍或刮擦掉了头部周围的一圈鳞片时,这些负伤的鲑鱼会比池中的任何同伴更有力地扑向苍蝇诱饵,(如果你够慷慨的话)它甚至会吃掉你投掷的虫子或银色小鱼。因此,鲑鱼科普塞普只会感到饥饿——这是大自然简单的暗示,不需要任何的解释,他便迅速地回到了大海;几乎不到一个小时的时间,他又

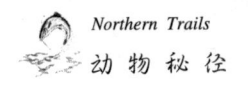

会回到岩石下的老巢里休息了。

整个夏天，他都会待在那里。当其他鲑鱼成群结队、陆陆续续地离开并向河上游奋力挣扎时，鲑鱼科普塞普的迁徙热潮似乎被潜鸟的啄伤平息了，他沉浸在无限丰富的海洋里，而且有一天他发现了一种新的美食。那是夏末时节，毛鳞鱼经过后，鲑鱼科普塞普按照自己的习惯，在绿色的丛林拱门里滑进滑出，把饥饿的鼻子伸进岩石间的每个洞穴里。在一个小小的拱形门廊里，他的鼻子碰到了一个柔软的东西，接着这个东西立刻缩回了掩蔽的岩石附近。鲑鱼科普塞普迅速地把他拖了出来，发现是一只小龙虾；小龙虾之所以躲在那里，是为了等着他的新壳长出来。当鲑鱼科普塞普狼吞虎咽地吃着小龙虾时，嘴里充满了迄今为止尝到的最美妙的味道。吃完之后，鲑鱼科普塞普兴奋地把鼻子伸进了另一个洞穴里，而且又发现了另一只龙虾——一只更大的龙虾，但当这只龙虾被拖出来的时候，他却没有进行任何反抗。

这与之前的经历完全不同，所以这让鲑鱼科普塞普无所适从。他以前经常与龙虾擦肩而过，他们用怪异的脚尖在海底缓慢地爬行，或者在受到体形庞大、饥肠辘辘的海鲈鱼的惊吓时，眨眼间向后退去，躲进了稀泥里。他们的壳太硬了，鲑鱼科普塞普想都不敢想去敲碎它；此外，每只龙虾都长着两对凶恶的大

第八章　鲑鱼科普塞普的故事

钳子（也叫螯），在他面前耀武扬威地移动着，而且他们的大钳子总是张开的，一对长有小齿，用于抓取和固定东西，另一对长有大齿，用于粉碎抓到的东西。因此，鲑鱼科普塞普明智地放过了龙虾，但却不知道他们非常美味。然而现在，龙虾离开了浅滩水域和渔民的龙虾罐后，硬壳已经沿着背部裂开，所以他们就在岩石中寻找能够深藏的洞穴。在那里，他们从旧壳中爬出来，非常安静地躲藏起来，等到新壳长得足够坚硬时，他们才会勇敢地再次冒险进入外面的世界。

就在这个时候，当龙虾最没有防御能力的时候，鲑鱼科普塞普发现了他们。他们共有几百只，个头从你的手那么大，到能装篮子的那些又大又胆怯的家伙，他们各自都藏在自己的洞穴里。鲑鱼科普塞普放弃了所有其他猎物，开始猎捕龙虾。这是一种心惊肉跳的追捕，他们无声无息地滑行着，浑身每一个感官都警觉地穿过起伏的丛林和岩石，因为几十名饥肠辘辘的强盗——巨大的海鲈鱼和马鲭鱼，最可怕的是，狗鲨，已经发现了新的食物，于是他们潜伏在每个隐蔽处，准备抓捕来猎捕龙虾的鲑鱼和其他鱼类。因此，当鲑鱼科普塞普走近一个洞穴时，他永远不知道自己会找到一点食物呢，还是会被一条恶鱼吃掉；他的猎捕就好像你在树林和山洞中潜行，每时每刻都在期待猎物的到来，但不知道自己会找到想要的兔子，还是会遇见想要抓捕自己的一只大灰熊或一条龙。

鲑鱼科普塞普在这里猎捕的方式一如从前。他会在摇曳的绿叶间滑行，像所有其他野生动物一样，试图在不被发现的情况下对一切了如指掌；终于，他发现了一个可能藏有软壳龙虾的小

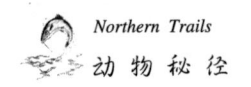

山洞或洞穴。然后,他会在藏身的海里的生长物中安顿下来,安静地观察周围的一切。如果没有任何动静,如果在波涛起伏的丛林中没有可疑的深红褐色或银色鳞片的闪烁,他就会滑向洞穴里。如果龙虾碰巧在那儿,而且不是太大,他就把它拖出来,迅速吃掉,但一旦有可疑的闪光或动静时,他会像闪电一样掉头就走,而且带动起优美的海藻剧烈地翻滚、颤抖,以掩盖他们的逃跑。下一刻,他就会出现在50英尺远的地方,并狡猾地躲藏起来,而大鲨鱼或海鲈鱼会径直从他头顶滑过,但却没有发现他的存在。

有一次,当他用这种方式觅食时,他发现岩石中有一个奇怪的洞穴,从洞穴底部到顶部都布满了闪闪发光的白点,就像钟乳石和石笋一样,而且里面有足够的空间让他游来游去,看起来真是一个软体龙虾藏身的绝佳之处。鲑鱼科普塞普待在杂草丛中,观察了一会儿,向前滑进了洞中。就在这时,有什么东西开始在洞穴上方发出暗红色的光芒;刹那间,鲑鱼科普塞普已经呼啸而去,而长长的杂草摇曳着、滚动着,并掩护着他飞奔到一旁。过了一会儿,他又偷偷地从另一个藏身处回来查看那个洞穴。突然,整个洞穴似乎都在震颤,上面和下面的白点慢慢地聚集在一起,那扇敞开的洞口也慢慢消失了。一只怪兽似的大嘴鱼从岩石中滑了出来,他的颜色像灰

第八章 鲑鱼科普塞普的故事

色的岩石,眼睛呈暗红色,头部像中国的龙。大嘴鱼环顾了一下四周,又回到了自己的藏身处;大嘴鱼张开他的大嘴巴时,就像又出现了一个洞穴,因为他的大嘴巴看起来就像岩石间的一个洞穴。但是,鲑鱼科普塞普并没有在附近寻找更多的龙虾了,因为当他独自狩猎时,他比较明智、比较谨慎。

漫长的夏天就这样过去了,鲑鱼科普塞普在舒适而慵懒的生活中日渐长大。当他的兄弟姐妹们沿河下来时,他们发现鲑鱼科普塞普的体格是他们的两倍,体重足有二十磅。到了春天,他的体重又增加了五磅,当第一批大鲑鱼随着满月的潮汐向河流进发时,而鲑鱼科普塞普就在其中。因为在这次奔赴中,当河水因春天的洪水变得饱满有力时,只有最大的鲑鱼才能胜任攀登瀑布、穿越急流的艰巨任务。

就这样,几年过去了,鲑鱼科普塞普的生活方式没有多大变化。只是他越长越大,在海里度过的漫长夏天使他比大多数鲑鱼有了更多的情绪和奇思妙想。有一次,洪水用原木阻塞了河流,这样鲑鱼既不能从下面游过去,也不能跳过障碍物。于是,他和几个同伴一起沿着海岸线,爬向了一条新的小溪,这违反了所有鲑鱼的习性,因为鲑鱼一般只向着他们出生的河流洄游。下一个季节到来时,当他的身体变得比往日更重、性情却变得更懒的时候,他爬上了潮水上方的第一个急流处

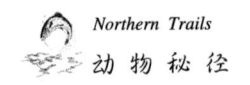

的河流。在那里,一个月来,他跟十几条异常大的鲑鱼,遵循着鲑鱼的传统,无所事事地玩耍、睡觉。当你钓上其中一条大鲑鱼时,他要么会挣脱钓线,一头扎进河里,要么会将你的钓具毁掉;如果你能快速地跳上你的独木舟,因为他们从来不会像其他鲑鱼那样停下来或沉下去,他会迅速带你穿过波浪,那么你就会体验到在开阔海面跟鲑鱼玩耍的乐趣。

今年,鲑鱼科普塞普不慌不忙地来到了瀑布下面的水池;如果我们的渔具足够结实的话,他会顶着上方的水流继续往上爬,那么这就是他所能达到的极限。看!那条巨大的鲑鱼就在那里,就当我们就坐在河边听他的故事时,将他留在的那个位置,他从白色的裂缝中跳了出来。

我们已经让他"休息"了足够长的时间,把六号诱饵乔克·斯科特换成了八号;而与此同时,鲑鱼科普塞普正在上升。长长的钓线从弹力器的顶端射出,越射越远,最后径直落在鲑鱼所在的白色浪花上,这时你的心头涌上一种微妙的兴奋。竿梢在水流中

第八章 鲑鱼科普塞普的故事

迅速向下摆动并伸直,诱饵小苍蝇旋转起来,在你发现鲑鱼科普塞普上升的地方舞动了一会儿。看!他快速转身而下,沉重的肩膀一闪而过。不要像捕捉鳟鱼那样,现在就动手;因为那条大鲑鱼猛地一跳,竿梢上的小部件就会破裂,就像它的材质是蜘蛛网一样。你的钓竿末端有一股沉重的浪涌,轻轻一拉就能让鱼钩抓牢;而后,当你手中的卷线器第一次疯狂地尖叫时,你的心就会跳到嗓子眼,而且全身神经紧绷着,兴奋地欢呼雀跃。

诺埃尔猛地站了起来,本能地伸手拿起了长鱼叉。"哎哟,哎哟,哎哟,是条大家伙!"他边说,边张大了嘴巴盯着急流,寻找鲑鱼科普塞普接下来出现的位置。他坐下来,填着他的烟斗,他清楚地知道,在看到这条大鱼之前,需要半个小时的精心而熟练的准备,因为他不会用尾巴拉扯着钓线跳出水面给你看,也不会挣脱钩住他下巴的折磨人的鱼钩;尽管他不停地摇晃着、跳跃着,但还是没有挣脱掉。

此时,他就在下面的水池里,在一块大石头下面的漩涡中休息了一会儿。卷线器中四分之三的线已经出了线盘,如果他再次冲向下游,你一定会失去他。快!向下放线,掠过岩石,慢慢进入水中,向下、向下,慢一点,慢一点,向下放线;在此过程中,你的钓竿要向上弯曲,以保持对鱼的拉力,当你匆忙收线时,卷线器有节奏地唱起"嗞嗨、嗞嗨、嗞嗨"的乐曲。

现在到你的鲑鱼下方去,如果可能的话,待在他的下方,因为那时他将不得在水流和钓竿的拉拽之间挣扎。当你执行狡猾的操作时,鲑鱼科普塞普开始了另一连串的狂跳和猛冲,在河里大幅度地窜来窜去,然后再次飞奔到你的下方。他静静地躺在一个

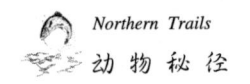

很深的地方，而且在那里你的钓竿的拉力正好可以平衡水流的推力。钓线笔直地竖立着，嗡嗡作响，而旁边有一股碎浪花喷涌而出，袅袅升起。在这期间，你感觉到一连串猛烈的拉扯和拖拽，它们每时每刻都在威胁着你的钓具。

鲑鱼科普塞普正在上蹿下跳，这意味着他被钩住了，可能稍稍钩住了嘴唇，而不是嘴巴或舌头；如果你想抓住他，你必须格外谨慎。如果你现在能看到他，你会发现他正头朝下立在水流中，用他的下巴快速抽打着水底，试图刮掉你的苍蝇诱饵，或在石头上砸碎你的竿稍。十分钟慢慢过去了，虽然你在他的下方拼命地把他的头部往旁边拉，但你却没有让他挪动一寸。诺埃尔像影子一样在河岸上的树林中进进出出，这时你发现了他。

"拿些石头来，诺埃尔——大石头。"你对他喊道；于是诺埃尔开始向鲑鱼科普塞普下沉的地方扔石头。有一块石头投中了，鲑鱼科普塞普开始像闪电一样飞速游动，在池子里横冲直撞、跑来跑去；而你却在拼命地卷起钓线，让鲑鱼科普塞普远离对岸的汹涌水流。但是，他不顾你的阻拦，冲进了汹涌的水流；随后，他感受到激流的全部力量，像一列快车一样直奔远方的大海。你紧跟着他的踪迹，他就像一只受惊的驼鹿一样在池塘里溅着水，又像山羊一样跳过岩石，继续向下穿过急流；因为形势非常紧迫，所以在河流的每一个转弯处，你都会向

第八章　鲑鱼科普塞普的故事

侧面猛拉,直到你满意地叹了口气,把他从急流中引入了河流中平静的深处。在这里,战斗将再次打响。

到目前为止,在这场实力悬殊的斗争中,每一次都是鲑鱼科普塞普占了上风,但现在你心中生出了渺茫的希望——可能自己会抓到他。下面是一些危险的急流,所以在那里你既不能追踪到他,也不能抓住他;因此,半个小时里,你对他进行了引诱、迎合、恐吓。当他游向你期待的地方时,你就对他放任自流。但是,要把他从激流中拖走,你的轻量级钓具就会断裂。最后,一个巨大的银色侧面缓慢地翻滚了一会儿,这表明他已经疲惫不堪,可以被牵着走了,于是你开始小心翼翼地把他拖到岸边。

诺埃尔走远了,他肯定认为你在第二次拼命穿越急流时让鲑鱼科普塞普逃脱了。你有点窃喜,因为此时你可能靠着自己的力量钓到了一条鲑鱼,而且在没有大鱼叉的帮助下自己把他拖上了岸。在那里,只有一个可能的地方适合这么微妙的登陆,那就是岸边缓缓倾斜入河道的一个小沙滩。如果你能把他引到那里,那么他一触及底部,就会甩动起尾巴,而且在你的钓线的轻轻拉动下,他自己就会翻身上岸。就在那个地方的下方,一根折断的树枝倾斜了出去,离水面只有两三英尺的距离。这个地方非常危险,你要么冒险,要么喊诺埃尔过来帮忙,但一想到鲑鱼科普塞普,你就喜上眉梢,所以打算自己尝试

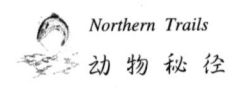

一下。

　　现在，你要避免新手的急躁和过于匆忙的失误，而去跟你的鲑鱼玩耍一番，直到他翻滚着侧身躺在那里扇动着水流，然后轻轻地，非常非常轻地，把他带到卵石滩上，那么他差不多就是你的囊中之物了。当他从你身边摆过时，你可以亲手把他抓起来；当你看到他的硕大时，你会激动不已。但当他刚接触到石头时，鲑鱼科普塞普体内突然涌起了一股新的力量。他翻了个身，缓慢地涌向下游，尽管钓竿绷紧，但他还是慢慢地、有力地从倾斜的树枝下游了过去。你立刻把你的钓竿降到水平位置，这样你的竿梢就不会碰到木头，然后把他引到河中央。他又一次筋疲力尽地侧着身子，在那根树枝下面躺了一会儿。他审视着上方的树枝，拼尽最后一丝力气，翻身一跃而过，向上游奔去。钓线绕着那块原木转了一圈，而他把所有的重量压在绷紧的竿梢上，溅起了很大的水花。之后，鲑鱼自由地躺在浅滩上，苍蝇诱饵在倾斜的树

第八章 鲑鱼科普塞普的故事

枝下自由地摆动着,倒钩上闪烁着鲑鱼科普塞普的一小块白色的嘴唇。

当你放下钓竿,跳上前去抓他的时候,所有垂钓者的平静都消失在钩上鲑鱼的渴望中。你的双手抓住了他宽阔的后背,但当他翻滚而去时,他光滑的身体似乎从你的手指间渗出去一般。当他看到自己的大敌时,他迅速跳入了水中;然后,鲑鱼科普塞普在激流中得意地挥舞着自己的那条宽大的尾巴,消失在深水中。

再见!鲑鱼科普塞普,祝你好运!你是我整个夏天见过的最大的鱼,当然,你已经逃之夭夭了。在科普斯瓦甘,鲑鱼仍在往上游移动,但我已经无心在意这些九磅重的小家伙了。到明年夏天,我会再次到瀑布下的同一个地方去寻找你的踪影。同时,熊、海豹、鲨鱼和渔网会时刻将你铭记于心;而渔民也没有什么遗憾,因为你的故事还没有结束。